JIRO AKAGAWA
HORROR
LABYRINTH
ホラーの迷宮
受《うけ》取《とり》人《にん》、不《ふ》在《ざい》につき——
赤川次郎
汐文社《ちょうぶんしゃ》

もくじ

カバー・本文イラスト　げみ
デザイン　西村弘美

受取人、不在《ふざい》につき——

1

「ともかく、だめなものはだめなんだ!」

耳慣《みみな》れた声が、マンションのロビーに入ったとたんに響《ひび》いて来た。

川北綾子《かわきたあやこ》は、あら、また管理人《かんりにん》のおじさん、やってるわ、と思わず笑《え》みを浮《う》かべた。

何しろ頑固《がんこ》を絵に描《か》いたような老人《ろうじん》で、元は何をしていたのか、誰《だれ》も聞いたことはないのだが、警官《けいかん》だったんだろう、とか、教師《きょうし》だったんだ、とか、想像《そうぞう》するにも、固《かた》い職業《しょくぎょう》ばかりを連想《れんそう》させるのだった。

「でも、俺《おれ》だって困《こま》っちゃうんですよ」

と、ふくれっつらで突《つ》っ立《た》っているのは、運送会社の人間らしい。

「お前さんが困《こま》ろうと、そいつはこっちの知ったこっちゃない!」

と、管理人《かんりにん》の方は突《つ》っぱねる。

「置《お》いてかないと、今日の仕事が終らねえんだもん。預《あず》かっといてくれたっていいじゃないか」

「だめだ。わしはここに住《す》み込《こ》んでるわけじゃないんだ。管理人室《かんりにんしつ》へ置《お》いといて、盗《ぬす》まれでもしたら、こっちの責任《せきにん》になるんだからな」

「あんなもん、盗《ぬす》む奴《やつ》、いませんよ」

「分るもんか。盗《ぬす》まれなくたって、傷《きず》でもつけられた日にゃ、こっちは下手すりゃクビだよ。お前さん、わしがクビになったら、面倒《めんどう》みてくれるのかい？　ええ？」

ここまで言われると、相手も言いようがない。ただ、困《こま》り果《は》てた様子で頭をかくばかりである。

川北綾子は、スーパーでの買物を、両手に下げて、歩いて行った。

「おじさん、どうしたの？」

と、声をかける。

「やあ、あんたか。――いや、こいつが何が何でも荷物を置《お》き逃《に》げしようとするから、文句《もんく》を言っとったんだ」

管理人《かんりにん》の口調が、少し柔《やわ》らかくなった。

このマンションの中でも、綾子は古い住人に属《ぞく》している。

マンションそのものは、もう十年以上《いじょう》たって、大分、薄汚《うすよご》れて来ていた。八階建《だ》ての、かなりの世帯数《せたいすう》で、比較的《ひかくてき》都心に近い立地条件《じょうけん》のせいもあって、建《た》った時点で、決して安い価格《かかく》ではなかったにもかかわらず、すぐに完売《かんばい》してしまったものだ。

川北家も、初《はじ》めから入居《にゅうきょ》していた一戸である。しかし、十年もたつと、転勤《てんきん》や、子供《こども》の学校の関係《かんけい》、もっと高いマンションへの住みかえなどで、大分、住人も入れかわっている。

この管理人《かんりにん》のおじさんが、朝九時から夕方五時まで、受付《うけつけ》に座《すわ》るようになって、何年たつか、綾子も正確《せいかく》には覚《おぼ》えていない。しかし、たぶん、一人っ子の洋子《ようこ》が、まだ小学校に入ったばかりぐらいのころだったから、七、八年たつのではないか。

洋子も今は十四歳《さい》、中学の二年生になる。

それはともかく――長い付合《つきあ》いだけに、一見、取っつきの悪いこの「おじさん」も、決して根は悪い人じゃないのだということを綾子はよく知っている。

「――置《お》き逃《に》げはひどいなあ」

と、運送会社の若者《わかもの》が顔をしかめる。「だって、もう二日も、ここへ通ってるのに、いつも留守《るす》なんですよ」

「わしの知ったことか」

と、「おじさん」がそっぽを向く。

「どこのお部屋？」

と、綾子が訊《き》いた。

「五〇一です」

と、若者《わかもの》が言った。

「五〇一って――誰《だれ》だったかしら？」

綾子が首をひねる。

このマンションにも自治会《じちかい》があって、古顔の綾子は役員もやるので、たいていの部屋の人は知っているのだが……。

「ほら、先月越《こ》して来た奴《やつ》だよ」

と、おじさんが言った。

「ああ！　前に太田《おおた》さんのいた所ね。新しい方——何ていったかしら？」

「水原《みずはら》っていうんだ。でも、わしも会ったことがない」

「まあ、おじさんも？」

「そうなんだ。一度くらい挨拶《あいさつ》に来るもんだがな、普通《ふつう》は」

「でも——もう二十日はたつでしょ？」

「めったにいないらしいからな。きっと、若《わか》い夫婦者《ふうふもの》だろ。近所に引越《ひっこ》しの挨拶《あいさつ》もしないってのは、たいていそうだ」

「決めつけちゃいけないわ」

と、綾子が言った。

「ねえ、お願《ねが》いしますよ」

と、話を聞いていた若者《わかもの》がため息をついた。「この荷物一つのために、こっちへ回ってたら、商売上ったりだ」

「そんなことは――」

と、おじさんが言いかけるのを、

「待って」

と、綾子が押《おさ》えた。「いいわ。うちで預《あず》かるから」

「助かります!」

と、若者《わかもの》が言った。

「うちは六〇一なの。ちょうどその水原さんの上だからね、子供《こども》もいるし、一度は挨《あい》拶《さつ》しとかなきゃ。話のきっかけに、ちょうどいいわ」

「じゃ、すぐ持って来ますから!」

と、若者《わかもの》が表のトラックへと走って行く。

「——あんまりいじめちゃ可哀《かわい》そうよ」

と、綾子は、おじさんに言った。

「若《わか》い奴《やつ》は、少しきたえてやらんとな」

と、おじさんは澄《す》ましている。

「だけど——全然《ぜんぜん》見かけないっていうのも、変《へん》ね。まだ荷物だけで、越《こ》して来てないのかしら？」

「分らんね」

と、おじさんは首を振《ふ》った。「ともかく、会社の方は売れりゃいいわけさ。住もうと住むまいと、そりゃ勝手だからな」

「それはそうだけど、人が住まないと、家って、傷《いた》みがひどいっていうじゃない？もったいない話ね。うちだったら——」

と、言いかけて、綾子は言葉を切った。

あの若者《わかもの》が、「箱」を、トラックから運び出して、ロビーにかつぎ込《こ》んで来るところだったのだが、それが……。

「ただいま!」

と、川北洋子は、いつもの通り、玄関《げんかん》へ、勢《いきお》いよく飛《と》び込《こ》んで来た。「わっ!」

と、声を上げたのは——いつもと違《ちが》って、目の前に、突然《とつぜん》、壁《かべ》があったからだった。

いや——壁《かべ》じゃなかった。馬鹿《ばか》でかい箱が、目の前に、デン、と置《お》いてあったのである。

「洋子? お帰り」

と、母の綾子が出て来た。

「なあに、この化け物みたいな箱?」

と、洋子が呆《あき》れ顔《がお》で言った。「本物の馬でも注文したの?」

「まさか」

と、綾子は笑《わら》った。「預《あず》り物よ。上りなさい、ともかく」

「うん……。でも、大きいな」

大きい、といえば、セーラー服姿《すがた》の洋子ももう母親よりも背《せ》は高い。体重や胴回《どうまわ》りは綾子の方が上で――それは四十歳《さい》という年齢《ねんれい》を考えれば当然《とうぜん》のことだった。

「――へえ、下の部屋の?」

夕食の席《せき》で、洋子は綾子の話を聞いて、肯《うなず》いた。

「そう。後で行ってみるわ。いるかもしれないから」

と、綾子は言った。「――もう一杯《いっぱい》食べる?」

「うん。――お母さん、食べないの?」

「控《ひか》えてるのよ」

綾子は、ご飯《はん》をよそいながら言った。

「むだな抵抗《ていこう》、やめたら?」

洋子は、憎《にく》まれ口《ぐち》をきいた。

川北家は、今のところ、この母と娘《むすめ》の二人暮《ぐら》し。父親は単身赴任《たんしんふにん》で、大阪《おおさか》に行って一年になる。

洋子の高校受験《じゅけん》もあるので、一人で行くことにしたのだったが、週末《しゅうまつ》にはたいてい帰って来ている。

洋子にとっては、もともと父親が忙《いそが》しくて毎日帰りが遅《おそ》かったので、結局《けっきょく》顔を合わせるのは週末《しゅうまつ》だけという点、今も大して変化《へんか》はなかったのだ。

「あの箱、中身、何なの?」

と、洋子が玄関《げんかん》の方へ目をやって、言った。

「知らないわ」

綾子は肩《かた》をすくめた。

「生物《なまもの》じゃないんでしょうね」

「それなら書いておくわよ。それに、大きいけど軽そうよ。運んで来た人も、何でこんなに軽いんだろう、って首ひねってたくらいだから」

「へえ。——いつまで預《あず》かるの?」

「そりゃあ……下へ渡《わた》すまでよ。大丈夫《だいじょうぶ》、いくら何でも、そう何日もいないってこないでしょ」

綾子は、自分に言い聞かせるように、言った。「お母さん、ちょっと行ってみるわ」

「私《わたし》も行く！」

「じゃ、早く食べてよ」

と、綾子は苦笑《くしょう》した。

——食事の片付《かたづ》けは後回しにして、二人は外へ出た。

一階下へ、階段《かいだん》を降《お》りて、端《はし》の五〇一号室の前に来る。

「——真暗ね」

と、綾子が言った。「留守《るす》らしいわね」

「一応《いちおう》、チャイム鳴らしてみたら？」

「そうね」

綾子がチャイムを押《お》す。——しばらく待って、もう一度押《お》してみたが、返事はなかった。

「仕方ないわ。明日、また来てみましょ」

綾子が先に立って、廊下《ろうか》を戻《もど》って行く。洋子は、その後を歩き出したが——。

「待って」

と足を止め、振《ふ》り返《かえ》る。

「どうしたの?」

「今——音がしたみたい。部屋の中で」

「そう?」

綾子も戻《もど》って来て、しばらく聞き耳を立てていたが、何の音もしない。

「——気のせいよ。それとも他の部屋からだったか……」

「そうかなあ」

ともかく、二人は階段《かいだん》の方へと歩いて行ったのだった……。


「おはよう」

と、洋子は欠伸《あくび》をしながら言った。

「早くしないと、遅刻《ちこく》よ」

「はあい。コーヒーちょうだい」

洋子も、大人並《おとなな》みに、朝食はコーヒーとパンになっている。もう、セーラー服も着《き》込《こ》んで、いつでも出るばかりのスタイル。

「ハム・エッグは?」

「いらない。トーストだけでいいわ」

洋子は、朝刊《ちょうかん》を広げた。専《もっぱ》ら、見るのはTV欄《らん》だけれど。

「あ、そうだ、洋子。ちゃんと寝《ね》るときには、チェーンをかけといてよ」

と、トーストを出しながら、綾子が言った。

「かけてるよ」

「ゆうべ、かけてなかったわよ」

「ウソ! ちゃんと寝《ね》る前に見たけどな」

「今朝、新聞取りに行ったら、かかってなかったわよ」

「そう?——変《へん》だなあ」

洋子は、いささか不満《ふまん》げに呟《つぶや》いた。

「いいから。早く食べなさい」

綾子がせかした。「あら——誰《だれ》かしら?」

玄関《げんかん》のチャイムが鳴ったのだ。

「敏子《としこ》かな。一緒《いっしょ》に行こうって言ってたの」

「出てみるわ。早く食べて」

「はいはい」

——綾子は、玄関《げんかん》のドアを開けた。

「あら、三橋《みはし》さん」

綾子は、意外そうに言った。洋子の言った敏子でなく、その母親の方が立っていたからである。

「どうなさったの？」

と、綾子が訊《き》いたのは、敏子の母親が、目を血走らせ、ただごとでない様子だったからである。

「あの――朝からごめんなさい。洋子ちゃん、いらっしゃる？」

「ええ、今、朝《あさ》ご飯《はん》で。――洋子！」

洋子が、呼《よ》ばれるまでもなく、出て来る。

「おばさん、おはようございます。――敏子、具合でも悪いんですか？」

「いいえ、それが――」

と、敏子の母親は、青ざめた顔で、「ゆうべ、どこかへ行っちゃったの」

綾子と洋子は顔を見合わせた。

「どこかへ――って。家出か何か？」

と、綾子は訊《き》いた。

洋子と敏子は、小学校、中学と同じで、母親同士《どうし》も割合《わりあい》に親しく付《つ》き合《あ》っている。

「分らないの」

と、母親は首を振《ふ》って、「ともかく、朝起きてみたら、ベッドにいなくて……。別《べつ》に、書《か》き置《お》きもないし、調べてみたけど、ボストンバッグ一つ、なくなってないの」

「変《へん》な話ねえ」

と、綾子も眉《まゆ》を寄《よ》せる。「洋子、あなた、何か心当りは?」

「全然《ぜんぜん》! だって、今朝一緒《いっしょ》に行こうって言ってたのに!」

「そう」

敏子の母親は肯《うなず》いて、「何かご存知《ぞんじ》かと思って……。じゃ、他を当ってみるわ」

と、そそくさと帰って行った。

「――心配ねえ」

と、綾子は言った。

「駈落《かけお》ちするには、ちょっと若《わか》いしね」

洋子が、真面目《まじめ》な顔で言った……。

「ともかく、あなたは早く出かけなさい。遅刻《ちこく》するわよ」

「うん」

洋子は、鞄《かばん》を手に、家を出た。

——一階までエレベーターで降《お》りると、表のバス停《てい》へと急ぐ。

バスが混《こ》んで乗れないこともあるので、少し余裕《よゆう》を取って家を出ている。

今日は、幸い、すぐに乗れた。まだまだ後から混《こ》んで来るのが分っているので、奥《おく》の方へ進んで行く。

バスが動き出す。——吊《つ》り革《かわ》につかまった洋子は、ふと、マンションの上の方へ目を向けた。バスが走り出して、マンションが背後《はいご》に遠くなると、あの、五〇一の部屋の窓《まど》が見える。

その窓《まど》は、カーテンが開けてあった。

誰《だれ》かいるのかしら？　洋子はじっと目をこらしたが、マンションは、すぐに視界《しかい》から消えてしまった。

2

「結局《けっきょく》、敏子ちゃん、行方不明《ゆくえふめい》のままなのよ、まだ」

綾子の話に、川北は、

「ふーん」

と肯《うなず》いた。「そりゃ心配だな」

当り前のことではあるが、そうとでも言うしかない。

土曜日の夜。——父親が帰宅《きたく》しているのだった。

「誘拐《ゆうかい》じゃないのか」

夕食をとりながら、川北は言った。

「一応《いちおう》、警察《けいさつ》へ届《とど》けたから、その線でも調べてるみたい。でも、脅迫《きょうはく》もないっていうし……」

「だって、変《へん》よ」

と、洋子が言った。「誘拐《ゆうかい》するのに、わざわざ夜中に家から連《つ》れ出《だ》す？　しかも、敏子、パジャマのままいなくなってるっていうんだから」

「妙《みょう》な話だな」

「自分で出てったとしても、服ぐらい替《か》えそうでしょ？」

「もう――三日たつのか」

「そう。ご両親、気《き》の毒《どく》で、見ていられないわ」

綾子は、ため息をついた。

「当然《とうぜん》だろうな。洋子、お前も気を付《つ》けろよ」

「分ってるわ」

珍《めず》しく、洋子も素直《すなお》に肯《うなず》いた。

「ところで――あの箱、どうするんだ？」

と、川北が言い出した。

「困《こま》ってるのよ、私《わたし》だって」

と、綾子は顔をしかめた。「まさか、こんなに長いこと、部屋にいないなんて……」

「送り主へ返しちゃどうだ？」

「一旦預《いったんあずか》ったんだもの……。それに、週末《しゅうまつ》だから、帰って来るんじゃないかと思って」

「そうだといいな。何だか、家の中が狭《せま》くなったみたいな気がする」

「我慢《がまん》してよ。お互《たが》い様《さま》なんだから」

「お母さん、後で行ってみようよ」

「そうね。もういい加減《かげん》……」

――しかし、二人で五〇一号室のチャイムを、いくら鳴らしても、誰《だれ》も出ては来なかった。

「しょうがないわねえ」

と、綾子はお手上げという顔で、「あんなもの、預《あずか》るんじゃなかった」

「仕方ないわよ。今さら」

洋子はそう言って、「——あれ、何かしら？」

と、足を止めた。

誰《だれ》やら、怒鳴《どな》っている。声が響《ひび》いて、よく聞き取れないが、どうやら、あの管理人《かんりにん》のおじさんの声も混《ま》じっているようだ。

「上の方ね。行ってみようよ」

洋子は好奇心旺盛《こうきしんおうせい》な年齢《ねんれい》である。

「もの好《ず》きね」

とは言ったが、綾子だって、興味《きょうみ》がないわけではない。

八階だった。エレベーターホールの前で、おじさんが、八階の住人の一人と、大喧《おおげん》嘩《か》の最中《さいちゅう》だった。

「あんた、管理人《かんりにん》だろう！　知らんで済《す》むのか！」

八階に住んでいる旅行作家か何かである。

「知らんものは知りませんよ」

と、おじさんは相変《あいかわ》らずだった。

「これじゃ、安心して取材《しゅざい》にも出られんじゃないか！」

何があったのか、作家の方はえらく腹《はら》を立てている。

いささかお節介《せっかい》なところのある綾子は、

「おじさん、どうしたの？」

と、声をかけた。

「やあ、川北さん」

と、作家の方が綾子の顔を見て、先に口を開いた。「いや、旅行へ出て帰ってみるとね、泥棒《どろぼう》が入ってたんだよ」

「まあ！」

「そんなのはわしのせいじゃないよ」

と、おじさんは顔をしかめた。「そりゃ、真昼間に泥棒《どろぼう》が入口から入って来るのを見て気《き》が付《つ》かなかったというんならわしのせいかもしれんが、夜中に入られたのまで、わしにゃ分らん」

「それにしたって――」

とまだ怒《おこ》っている作家をなだめて、

「何か盗《と》られたんですか？」

と、綾子が訊《き》いてみた。

「それが妙《みょう》でしてね……」

と、作家は当惑《とうわく》した様子で、「机《つくえ》なんですよ」

「机《つくえ》？」

思わず、洋子が口を出していた。「あの――ものを書く机《つくえ》ですか？」

「そうなんだ。こっちにとっちゃ商売道具だからね。ないと困《こま》る」

その点は、綾子も理解《りかい》できた。しかし、机《つくえ》といえば、いくら小さくても、ポケットへ入れて歩くというわけにはいかない。

「そんなに高い机《つくえ》だったんですか？」

と、洋子がぶしつけなことを訊《き》いて、綾子を赤面させた。

「いや、そうでもない。かなり大きくて、ちょっと古いしね。——どうしてあんな物を盗《ぬす》んだのか分らんが、ともかく、こっちにとっちゃ、いい気分はしない」

「それはそうですね」

と、綾子は肯《うなず》いて、「現金《げんきん》とか、何かそういったものは？」

「それは全然《ぜんぜん》手をつけていないんだ」

綾子と洋子は顔を見合わせた。

——金銭的《きんせんてき》な損害《そんがい》はともかく、気味が悪いので、一応警察《いちおうけいさつ》へ届《とど》ける、ということで、その場は落ちついた。

「——妙《みょう》な話だなあ」

帰った綾子たちから話を聞いて、川北は首をひねった。

「ねえ」

と、洋子が言った。「今、思ったんだけどさ……」

「何なの?」

「あの作家の先生、奥《おく》さんと別《わか》れたんでしょ?」

「別居《べっきょ》してるのよ。なに、急にそんなこと——」

「その奥《おく》さんがさ、机《つくえ》を持ってったんじゃない?」

「机《つくえ》なんか持ってってどうするの?」

「たきぎの代りにくべた、とかさ」

「あなたの話にゃ取り合っていられないわ」

と、綾子は苦笑《くしょう》した。


「洋子!」

学校からの帰り道、もうマンションの近くまで来たとき、声をかけられて、洋子は振《ふ》り向《む》いた。

「ああ、朱美《あけみ》。どうしたの?」

菅原朱美《すがわらあけみ》は、マンションの二階に、去年引越《ひっこ》して来た。やはり中学二年生で、たまたまクラスも同じだったので、時々は行き来することもあったが、まあほどほどの付《つ》き合《あ》い。親友というほどの仲《なか》でもなかった。

「――今日のテスト、どうだった？」

と、朱美が言った。

「まあまあね。平均点《へいきんてん》すれすれってところかな」

「いいなあ。私《わたし》も一度でいいから、『まあまあね』なんて言ってみたい。てんでだめなんだもの」

洋子は、笑《わら》っただけだった。

洋子の方は、至《いた》って正直で――「まあまあ」と言えば、本当にまあまあの点しか取らない。でも朱美は、こんなことを言ってはいるが、その実、洋子よりずっといい点を取っているのだ。

その辺《へん》が、何となく朱美の、敬遠《けいえん》したくなるところだった。

「ねえ、洋子」

と、朱美が、ちょっと言いにくそうに、「お願《ねが》いがあるんだけどな」

「何なの？」

「うん……」

いやに言《い》い辛《づら》そうにしている。朱美にしては珍《めずら》しかった。

「言ってごらんよ」

「あのね――今夜、一晩《ひとばん》、泊《と》めてくれない？」

「うちに？」

「うん。洋子のとこ、お父さん単身赴任《たんしんふにん》でしょ？　今日はいないんでしょ？」

「週末《しゅうまつ》まで帰って来ない」

「だから……。悪いんだけど、今夜だけ。――お願《ねが》い」

「いいわよ。そんなに拝《おが》まなくたって。大邸宅《だいていたく》に住んでるってわけじゃないじゃないの、お互《たが》いに」

と、洋子は笑《わら》って言った。「でも、どうしたの？　急なお客さんでもあるの？」

「そうじゃないの。あのね——私《わたし》の布団《ふとん》、盗《ぬす》まれちゃったんだ」

「え？」

洋子は目を丸くした。

「うち、ベッドじゃないから、ほら、昼間ね、お母さんが屋上に持っていって、陽《ひ》に当ててたんだって。そしたら、ちょっと目を離《はな》した隙《すき》に、かけ布団《ぶとん》も敷布団《しきぶとん》も——消えちゃってたんだって」

「へえ……。結構《けっこう》、かついでくの大変《たいへん》だろうけどね」

「お母さんったら、わざわざ学校へ電話して来て——どうしようか、だって。私《わたし》に言われたって……」

と朱美は肩《かた》をすくめた。「そんなもの、警察《けいさつ》に届《とど》けたって、だめだと思うよ、って言ってやった」

「それでうちに？」

「うん。今夜だけ」

「構《かま》わないわ、どうせ父さんのベッドがあるから」

「うちで、お母さんと寝《ね》てもいいんだけど……。お父さん、ずっと出張《しゅっちょう》だったの。で、今日帰って来るのよね」

「へえ」

「よく出張《しゅっちょう》があるから、分ってんだ」

と、朱美は肯《うなず》いた。

「何が？」

「出張《しゅっちょう》から帰った日は、必《かなら》ず、お父さん、お母さんの布団《ふとん》を訪問《ほうもん》するの、邪魔《じゃま》したくないものね、子供《こども》としては」

「そ、そうね」

年齢《ねんれい》の割《わり》に、少々奥手《おくて》な洋子は、ちょっと赤くなって、咳払《せきばら》いしたのだった……。

「――朱美」

と、暗がりの中で、洋子が言った。

少し間があってから、

「なあに？」

と、訊《き》き返して来る。

「起こしちゃった？　ごめん」

「ううん。まだ眠《ねむ》れない。いつももっと夜ふかしなんだもの」

「そうなの？」

「大体、寝《ね》るの一時ぐらいよ」

洋子はびっくりした。いつも十一時には寝《ね》て、それでも寝不足《ねぶそく》である。

――結局《けっきょく》、綾子が気をきかして、夫婦《ふうふ》の寝室《しんしつ》を、洋子と朱美に使わせてくれているのである。

「このところ、変《へん》なことが続《つづ》くでしょ」

と、低《ひく》い声で、洋子は言った。

「変《へん》なことって?」

「敏子はまだ行方不明《ゆくえふめい》だし、八階の作家は机《つくえ》を盗《ぬす》まれるし……。まだあるのよ。ちょっと聞きかじっただけだけど、椅子《いす》が一つなくなっちゃったとか、洗面器《せんめんき》が持って行かれたとか……」

「へえ。――変《へん》なものばっかしね」

「もちろん、中には単純《たんじゅん》になくしただけのものもあるかもしれないわ。でも、こんなことが続《つづ》くのっておかしいと思わない?」

「うん」

と言ってから、朱美は、やっと思い当った様子で、

「じゃ、うちの布団《ふとん》も?」

「そうじゃないかと思うのよ」

二人は、しばらく黙《だま》っていた。

「——でも、誰《だれ》がそんなことを?」

と、朱美が言った。

「分らないわ。ただ——奇妙《きみょう》だな、と思うことが、もう一つあるの」

「何だか怖《こわ》くなって来たわ」

と、朱美は言った。「明り、点《つ》けてもいい?」

「うん。じゃ、頭のとこのを点《つ》けるわ」

手を伸《の》ばし、手探《てさぐ》りでスイッチを見付《みつ》けると、洋子は押《お》した。明りが点《つ》く。

「キャッ!」

朱美が、ベッドからはね起きるようにして、叫《さけ》び声《ごえ》を上げたから、洋子もびっくりした。

「どうしたの?」

「誰《だれ》か——そこに誰《だれ》かいるわ!」

朱美の顔は血の気が失《う》せて、大きく目を見開いている。指さしているのは、寝室《しんしつ》と居間《いま》をつなぐドアの方だった。

ドアは少し開けてある。それが——確《たし》かに洋子の記憶《きおく》よりは、大きく開いているように見えた。

「誰《だれ》かいたの？」

と、洋子はベッドから出ながら、言った。

「分らない。明りが点《つ》くと同時にサッと白いものが——向うへ走って行ったわ」

よほど怖《こわ》かったのだろう、朱美の声はまだ震《ふる》えていた。

「どうしたの？」

そこへ綾子の声がして、また二人は、

「キャーッ！」

と悲鳴を上げて、ベッドの上に突《つ》っ伏《ぷ》してしまった。

「何なのよ、一体？」

と、綾子が呆《あき》れている。

「お母さん！　びっくりさせないでよ」

と、洋子が体中で息をつく。

「こっちがびっくりしたわよ。どうしたの？」

洋子の説明《せつめい》を聞いて、綾子もちょっと緊張《きんちょう》した。

何しろ女三人しかいないのだ。もし泥棒《どろぼう》でも入っていたら……。

「二人ともここにいなさい」

と言うと、どこから持ってきたのか、バットを両手につかんで、ドアの方へ歩いて行った。

「私《わたし》、明り点《つ》ける」

と、落ちついて来ると結構《けっこう》度胸《どきょう》のいい洋子が、母親の後について行く。

朱美も心細いのか、洋子のうしろにくっついていた。

洋子は壁《かべ》の方へ手を伸《の》ばし、居間《いま》の明りを点《つ》けた。

綾子が、身構《みがま》えつつ、居間《いま》へパッと飛《と》び込《こ》む。――そこには誰《だれ》もいなかった。

「いないわね。――他の部屋といったってそんなにないわよ」

「お風呂場《ふろば》とかトイレ……」

「順番《じゅんばん》に見て行きましょう」

さすが、綾子は落ちついている。――といっても、内心はビクビクものなのだ。

しかし、トイレも風呂場《ふろば》も、誰《だれ》も潜《ひそ》んではいなかった。

念《ねん》のため、また寝室《しんしつ》や洋子の部屋にも戻《もど》って調べてみたが、誰《だれ》も隠《かく》れてはいなかった。

「――朱美さん、気のせいだったんじゃない?」

と、綾子が言うと、朱美は頭をかきながら、

「おかしいなあ……」

と、首をかしげている。

「待って」

と、洋子が言った。「もう一つ調べていない所があるわ」

「どこ?」

「あの玄関《げんかん》の箱よ」

綾子がびっくりして、

「あれは――」

「預《あず》り物でしょ。分ってる。でも、もう何日もうちに置《お》きっぱなしよ。それに――」

洋子は、ちょっと間を置《お》いて、「ねえ、お母さん。敏子がいなくなったの、あの箱が来た次の日――いえ、その晩《ばん》のことよ」

「そう――そうだったわね」

「それからだわ。次から次へと変《へん》なことばっかり起こるようになったのは」

「でも、洋子、まさか――」

「あの中に、机《つくえ》やら布団《ふとん》やらが入っているとは思わないわよ。でも、開けてみたっていいじゃない。何でもなきゃ、また元の通りにしとけばいいんだから」

「だけど……」

綾子は、なおもためらっている。

「お母さんが何と言っても、私《わたし》、あの箱を開けてやる！」

「分ったわよ」

綾子は、あわてて言った。――洋子がこうまで言うのでは、止めてもむだと思ったのである。

「じゃ、開けてみましょう」

三人は、ゾロゾロと、玄関《げんかん》へ出て行った。

――箱はそこにある。

置《お》かれたときそのままに、じっとしている。

「私《わたし》がやるわ」

と、綾子が言った。

そのとき、朱美が、ふと玄関《げんかん》のドアへ目をやった。

「おばさん」

「え？」

「玄関《げんかん》、鍵《かぎ》が開いてる」

三人の視線《しせん》が玄関《げんかん》へ向く。——突然《とつぜん》、ドアが開いた。

綾子は反射的《はんしゃてき》に、二人の子供《こども》たちの前に立ちはだかった。

「——夜分失礼《しつれい》します」

と、その男は頭を下げた。

黒いスーツに身を包《つつ》んだ、五十歳《さい》ぐらいの男だった。髪《かみ》は少し白くなりかけていて、ちょっと外国人っぽい口ひげをたくわえている。

「どなた——ですか」

と、綾子は辛《かろ》うじて言った。

「下の階に越《こ》して参《まい》りました、水原と申します」

男は無表情《むひょうじょう》な声で言った。

「水原さん……」

「はい。引越《ひっこ》しを済《す》ませて、すぐ旅に出ていたものですから、ご挨拶《あいさつ》が遅《おく》れまして」

「はあ……」

「この箱を、ずっとお預《あず》かり下さったようで、申《もう》し訳《わけ》ありません」

「い、いえ――どういたしまして」

「お邪魔《じゃま》でしたでしょう。持ち帰りまして、お礼はまた改《あらた》めて――」

「そんなこと、どうぞお気になさらずに」

「では、失礼《しつれい》します」

水原というその男、玄関《げんかん》へ入って来ると、大きな箱を、まるでボール紙ででもできているかのように、ヒョイと手で持ち上げ、「――夜分、失礼《しつれい》いたしました」

と、会釈《えしゃく》し、出て行った。

三人は一様に息をついた。

「夢《ゆめ》だったんじゃないの?」

と、洋子は呟《つぶや》いた。

本当にそんな気がした。しかし、箱は、もうなくなっていたのだ。

「中を見せろ、って言えば良《よ》かった」

と、洋子が言った。

「言えなかったわ。お母さんには、とても」

と、綾子が首を振《ふ》る。

正直なところ、洋子も朱美も同感だった。

「お母さん、鍵《かぎ》！」

言われるまでもなく、綾子は、急いで玄関《げんかん》の鍵《かぎ》をかけ、チェーンをかけて、大きく息をついたのだった……。

3

「俺《おれ》が？　いやだよ」

と、川北は顔をしかめた。

「いいじゃないの」

と、綾子が言った。「おかしくないわよ。こちらは上の部屋なんだもの。いつもご迷惑《めいわく》かけて、とか言って挨拶《あいさつ》に行っても、ちっとも変《へん》じゃないわ」

「しかし……。そんな変《へん》な奴《やつ》の所に行くのは気が進まないよ」

「変《へん》だからこそ、行って来てほしいのよ」

「そうよ」

と、洋子が加勢《かせい》する。「お父さん、留守《るす》の間に、私《わたし》たちにもしものことがあっても構《かま》わないの?」

十四歳《さい》といえば、口の方はすっかり一人前である。川北は、ため息をつくと、

「分ったよ」

と肯《うなず》いた。「じゃ、ともかく行ってみよう」

諦《あきら》めの境地《きょうち》、というところである。

——日曜日だ。

水原が、初《はじ》めてマンションの人々の前に姿《すがた》を現《あら》わして、もう三週間がたっていた。

しかし、今のところ、綾子の知っていることといえば、あの水原という男に、まだ七、八歳《さい》の女の子がいる、ということぐらいで、おそらく二人きりで生活しているのだろう、という話だった。

二人とも、まずめったに外へ出ていないし、水原が何の仕事をしているのやら、誰《だれ》も知らなかった。

三橋敏子は、まだ行方不明《ゆくえふめい》のままで、母親のやつれようは、綾子の目にも辛《つら》かった。その他の机《つくえ》だの、布団《ふとん》だのも、戻《もど》って来たという話は聞かない。

「きっと、あの水原って人の部屋にあるのよ」

と、洋子は断言《だんげん》していた。「私《わたし》が忍《しの》び込《こ》んでもいいんだけど」

「やめなさいよ」

と、綾子はたしなめた。

「じゃ、お母さんは、敏子がこのまま見付《みつ》からなくてもいいっていうの?」

「敏子ちゃんのことは関係《かんけい》ないかもしれないじゃないの」

「関係《かんけい》あったら?――お母さん、私《わたし》がもし行方不明《ゆくえふめい》になってたら、あの部屋を調べるの、遠慮《えんりょ》する?」

この洋子の言葉には、綾子も参《まい》った。かくて、その偵察役《ていさつやく》が、川北へと回って来たわけである。

――綾子と洋子に送り出されて来たものの、川北は本来技術者《ぎじゅつしゃ》で、口下手な方である。営業《えいぎょう》マンか何かなら、うまくお愛想《あいそ》の一つも言って、さっと上《あ》がり込《こ》むのだろうが……。

困《こま》ったなあ、と考《かんが》え込《こ》みつつ、五階の廊下《ろうか》を歩いて行くと、

「失礼《しつれい》」

と、後ろから声をかけられた。

振《ふ》り向《む》いて、すぐ、川北はこれが水原だな、と思った。見るのは初《はじ》めてだが、綾子の言っていた、どこか暗い「夜」のムードを漂《ただよ》わせた男だ。

それは、単《たん》に黒いスーツを着ているからだけとは思えなかった。

「失礼《しつれい》ですが――川北さんでは?」

「はあ、川北です」

「やっぱりそうでしたか。私《わたし》は水原と申します。奥様《おくさま》には、すっかりご迷惑《めいわく》をかけまして」

「いや、とんでもないです」

と、川北は、あわてて頭を下げた。

「いや、一度、お詫《わ》びにうかがおうと思っておりましたが、なかなか時間が取れず、失礼《しつれい》しました。――どちらかへおいでになるのですか?」

「は? いや――あの――もう用が済《す》んだので」

「そうですか。では、ちょっとお寄《よ》りになりませんか?」

川北は面食らった。向うから誘《さそ》ってくれているのだ。

「でも――よろしいんですか?」

「構《かま》いませんとも。私《わたし》も留守《るす》にすることが多いものですから。――さあ、どうぞ」

半ば、水原に背中《せなか》を押《お》しやられるような感じで、川北は五〇一号室へと向って歩いて行った……。

「――むさ苦しい所ですが、お入り下さい」

と、水原が言った。

五〇一と六〇一、造《つく》りは同じである。

しかし、こっちが大分広く見えるのは、家具などが少ないせいだろう。

「おかけ下さい。コーヒーでもいかがですか?」

「はあ。いただきます」

川北は、ソファに座《すわ》りかけて、妻《つま》と娘《むすめ》のことを思い出した。

ここまで来て、コーヒーだけ飲んで帰ったというのでは、面目《めんぼく》が立たない。

川北は、ちょっと咳払《せきばら》いすると、

「ええと――申《もう》し訳《わけ》ありませんが、ちょっと中を拝見《はいけん》させていただいて、よろしいですか？　うちと同じ造《つく》りですから、どうお使いになっておられるのか、興味《きょうみ》があって」

「まだ、ろくに片付《かたづ》いていませんがね」

と、水原は笑《わら》いながら、「よろしければ、どうぞご覧《らん》下さい」

「すみません。では、ちょっと……」

川北は、両手を後ろに組んで、いかにも、見物している、という風に、時々肯《うなず》いたりしながら、部屋を見て回った。

寝室《しんしつ》も、ベッドが一つあるだけで、あまり飾《かざ》り気《け》はない。

例《れい》の机《つくえ》など、まるで見当たらなかった。

上では洋子の部屋になっている部屋の前に来ると、ガラッと戸が開いて、川北はびっくりした。
七、八歳《さい》の女の子が立っている。
「やあ——こんにちは」

川北は、辛《かろ》うじて笑顔《えがお》を作った。

女の子は、水原によく似《に》ていた。いや、顔つきはともかく、どこか暗い、それでいて人の目をひきつけるというところが似《に》ていたのである。

女の子は、その黒い、大きな目で、じっと川北を見上げていた。奇妙《きみょう》な視線《しせん》だった。川北の胸《むね》にまで突《つ》き刺《さ》さって来るような……。

「——ユカ。どうした？」

背後《はいご》で、水原の声がして、川北はまたビクリとさせられた。

「ううん、何でもない」

ユカと呼《よ》ばれた女の子は、首を振《ふ》った。

川北は、その部屋の中を、チラッと見た。

——女の子らしい、可愛《かわい》いベッド、他には、小さな子供《こども》用の勉強机《べんきょうづくえ》、そしてぬいぐるみ、オモチャの類《たぐい》。

目につくのは、大きな家の模型《もけい》というのか、外国の映画《えいが》でよく見る、「人形の家」というやつらしい、と川北は思った。

ユカは、部屋へ入ると、戸を閉《し》めてしまった。

「――母親を早く亡《な》くしたものですから」

ソファに戻《もど》って、コーヒーを飲みながら、水原が言った。「つい、人見知りになりましてね。外へ出ないので、困《こま》ります」

「そうでしたか。大変《たいへん》ですね」

川北は肯《うなず》いた。

「もう学校へ行く年齢《とし》なのですが、行きたがらないのです。――あまり無理《むり》に行かせて、病気にでもなられても困《こま》る。むずかしいところです」

水原は微笑《ほほえ》んだ。

「――お仕事は、何をなさっておられるんですか?」

と、川北は訊《き》いた。

「私《わたし》ですか?」

水原はそう言って、愉快《ゆかい》そうに、「あまりまともに、朝出て、夕方帰るという仕事ではないので、さぞかし不思議《ふしぎ》がられているでしょうね」

と言った。

「すると、夜のお仕事ですか」

「そうですね」

と肯《うなず》き、「何だと思われます？」

「いや――ちょっと、見当がつきませんねえ」

と、川北は首を振《ふ》った。

「私《わたし》は――魔術師《まじゅつし》なんです」

と、水原が言った。


「魔術師《まじゅつし》？」

と、綾子と洋子は、異口同音《いくどうおん》に声を上げていた。

「そうなんだ。分ってみりゃ、あの雰囲気《ふんいき》もどうってことないじゃないか」

川北は家へ戻《もど》って来て、いい気分であった。

「魔術師《まじゅつし》かあ」

と、洋子がくり返す。

「部屋を全部覗《のぞ》いて来たぞ。だけど、その机《つくえ》らしきものも、布団《ふとん》もない」

「確《たし》かに？」

「ああ。机《つくえ》といやあ、ユカって女の子の、子供《こども》用の勉強机《べんきょうづくえ》だけ、布団《ふとん》はベッドだから使わないだろうしね」

「そう」

と、綾子は肯《うなず》いた。「じゃ、こっちの思《おも》い過《す》しだったのかしら」

「そうだよ。人付《ひとづ》き合《あ》いがあまり良《よ》くないからって、色メガネで見るのは間違《まちが》いだぞ」

川北は珍《めずら》しく、説教《せっきょう》くさいセリフを吐《は》いてみた。

洋子は、自分の部屋へ戻《もど》ると、ベッドに引っくり返った。

「──敏子」

と、呟《つぶや》く。

どこへ行ってしまったんだろう?——敏子……。

洋子は、父の話に、完全《かんぜん》に満足《まんぞく》してはいなかった。大体、父はお人好《ひとよ》しで、騙《だま》されやすいたちなのだ。

まだ目を離《はな》さないからね、と洋子は心の中で呟《つぶや》いた……。

4

あの子だわ。

洋子は、すぐに、それが父の言っていたユカだと思った。

もちろん、大人《おとな》と子供《こども》の違《ちが》いはあるにせよ、ユカは、ある意味で、水原そっくりだったからだ。

洋子は自転車で、マンションへ戻《もど》って来たところだった。

学校が終った後、母に頼《たの》まれて買物に行って来たのだ。そして、マンションの前の道で、一人遊んでいる女の子に気付《きづ》いたのだった。洋子は自転車を、その子の前で停《と》めた。

「——こんにちは」

と、洋子が言っても、ユカの方は返事をしない。「私《わたし》、川北洋子。上の六〇一にいるのよ。あなた、五〇一の、ユカちゃんね？」

女の子は、黙《だま》って肯《うなず》いたが、目は洋子を見ていなかった。

「——どうしたの？」

と、洋子は訊《き》いた。「この自転車、どうかした？」

「すてきね」

と、ユカが言った。

そっと手をのばして、ハンドルをなでる。

「そう？　ありがとう。この前買ったばかりだから、新しいのよ」

と、洋子は言った。「でも、あなたには、ちょっと大きすぎるんじゃない?」

ユカは、聞いていないようだった。

ただ、じっと、キラキラ輝《かがや》くような目で、自転車を見つめている。

「――じゃ、またね」

洋子は、ちょっと薄気味《うすきみ》が悪くなって、そう言うと、自転車をこいで、マンションの裏手《うらて》へと回って行った。

――部屋へ戻《もど》って、買って来たものを出しながら、

「わあ、気味悪かった」

と、洋子は言った。「あの子、本当に、ま、ま、まともじゃないわ」

「ちょっと変《かわ》ってるのね、きっと」

と、綾子は言って、「――あ、いけない!」

「どうしたの?」

「一つ、頼《たの》むの忘《わす》れちゃったわ」

「なんだ。――もう一度行って来る?」

「いいわ。あなたじゃ分らないから。私《わたし》があの自転車で行って来るわ。鍵《かぎ》をかして」

綾子は、エプロンを外して、急いで部屋を出た。

一階へ降《お》りると、裏手《うらて》の自転車置場《おきば》へ回る。洋子の自転車の鍵《かぎ》をさし込《こ》んでいると、誰《だれ》かがそばに立った。

振《ふ》り向《む》くと、水原が立っている。

「あら……」

「奥《おく》さん、こんにちは」

「どうも」

と、綾子は会釈《えしゃく》した。「ちょっと買物に――」

「それは残念《ざんねん》です」

「残念《ざんねん》?」

「ええ。――ユカが、その自転車を欲《ほ》しがっていましてね」

と、水原は言った。

「まあ、そうですの。でも、ユカちゃんには、小さい自転車でないと――」

「自転車だけではないのです」

「というと？」

「ユカは、母親も欲《ほ》しがっていまして」

「お母さんを？」

「あなたを、とても気に入っているようです……」

「光栄《こうえい》ですわ」

綾子は、辛《かろ》うじて笑顔《えがお》を見せた。「でも、私《わたし》にはとても――」

「ご心配なく」

水原は、綾子の目の前に、手をかざした。

「まだ充分《じゅうぶん》に入る余地《よち》がありますよ」

綾子は、突然《とつぜん》、目の前が暗くなるのを感じた。――手にしていた財布《さいふ》が、足下《あしもと》に落ちた……。

おかしい。

洋子は時計を見た。——もう、母が出かけて一時間たっている。

すぐ表の八百屋へ行くだけだったのに。

自転車で行くほどの距離《きより》でもないのだが、荷物が重くなるので、わざわざ鍵《かぎ》を持って行ったのだ。

それなのに——一時間も。

事故《じこ》にでも遭《あ》ったのか。洋子は、気が気でなかった。

決心して、部屋を出る。

一階で降《お》りると、もう大分暗くなりかけた自転車置場《おきば》へと行ってみた。

確《たし》かに、自転車はない。してみると、出かけてはいるのだ。

八百屋さんへ行って訊《き》いてみよう。

歩きかけた洋子は、何かをけとばして、下を見た。――拾い上げて、息を呑《の》んだ。

母の財布《さいふ》である。

これなしで、買物に行くわけがない。

洋子は駆《か》け出《だ》した。――マンションの表の道へ出てみる。

ユカの姿《すがた》は、なかった。

どうしたものだろう？――洋子は、しかし、長くは悩《なや》まなかった。

母と違《ちが》って、世間体《せけんてい》など、どうでもいい。

ともかく、五〇一号室へ行ってみよう、と思った。

しかし――まともに行って、取り合ってくれるかしら？

エレベーターで上りながら、洋子は必死《ひっし》で考えをめぐらせた。そして、一旦《いったん》、六階へ上って、自分の部屋へ戻《もど》った。

外はもう暗い。――これなら大丈夫《だいじょうぶ》。

洋子は、我《われ》ながら無鉄砲《むてっぽう》なことをやり始めた。

自分の家のテラスから、下のテラスへと降《お》りようというのである。普段《ふだん》なら、高い所は苦手なのだが、今はそれどころではない。得体《えたい》の知れない不安《ふあん》が、洋子を追い立てていた。

——何とか、うまく下のテラスへ降《お》り立《た》った。

暗いのは、父の話では、例《れい》の、ユカという子の部屋らしい。

ガラス戸に手をかけると、網戸《あみど》にして、風を入れていたのか、さっと開く。

網戸《あみど》を開けると、洋子は、中へ入って行った。

暗がりの中、洋子は手探《てさぐ》りで、机《つくえ》の上のスタンドを点《つ》けた。

これぐらいの光なら、居間《いま》の方で気付《きづ》かないだろう。

部屋の中を見回して、洋子は首を振《ふ》った。

ここへ何をしに来たのか、自分でもよく分ってはいないのである。

しかし、母がここにいる、という理屈《りくつ》抜《ぬ》きの信念《しんねん》が、洋子にはあった。

部屋の戸口の方へ行きかけて、ふと洋子は立ち止まった。——何か、今、見たもの、が気になる。何だろう？

振《ふ》り向《む》き、そして、ゆっくりと部屋の中を見回す。

洋子の視線《しせん》が、人形の家に止まった。

――本物の家そっくりにできた、立派《りっぱ》なものである。

洋子の目は、その表に立てかけてある、自転車に釘《くぎ》づけになった。

そっと近付《ちかづ》いてみる。――似《に》ている。

もちろん、その家にふさわしく、二、三センチの大きさになっているが、しかし、それにしても、形といい、色といい、まるで、洋子の自転車を、そのまま縮《ちぢ》めたかのようだ……。

「まさか！」

と、洋子は呟《つぶや》いた。

その窓《まど》の中を覗《のぞ》いて、驚《おどろ》いた。机《つくえ》がある。タンスも、椅子《いす》も、本物そっくりのものが、ちゃんとセットしてある。

上の方の部屋を覗《のぞ》いて、洋子は、ふと眉《まゆ》を寄《よ》せた。

布団《ふとん》を敷《し》いた上に、人形が寝《ね》ている。パジャマを着て。——そのパジャマの柄《がら》が——見たことのあるものだった。

そうだ、これは——敏子が、いなくなったとき、着ていたのと同じ……。

洋子の顔から血の気がスッとひいて行った。

そんなことが……あるわけない？

馬鹿《ばか》な！　いくら何でも……。

あの人形が、敏子だったら——では、ではお母さんは？

洋子は他の部屋を覗《のぞ》いて行った。ガクガクと、膝《ひざ》が震《ふる》える。

母は、一番端《はし》の部屋に、倒《たお》れていた。出かけて行ったときのままの格好《かっこう》で。

「ああ……お母さん……」

思わず、声が洩《も》れる。

「——見たのかね」

背後《はいご》で声がした。ハッと振《ふ》り向《む》くと、水原が立っていた。戸口の所に、ユカが立って、じっと洋子を見ていた。

「では、帰すわけにはいかないね」

と、水原は言った。「ユカは、母親を欲《ほ》しがっていたんだ。前にはお姉さんをね。——もう一人、お姉さんを作ってあげるしかなさそうだ」

洋子は首を振《ふ》った。——恐怖《きょうふ》で、声が出ないのだ。

「本物の母親は死んでしまうからいやだと言うのでね。それで、こうして小さな人形にしてやったのだよ。——君も、その中へ入ってもらおう」

水原が洋子の顔へ、手をかざす。

そのとき——自分でもよく分らない。洋子はユカの方へ向って、突《つ》っ走《ぱし》ったのである。

そして思い切りユカを突《つ》き飛《と》ばした。ユカがひっくり返って、どこかへ頭でもぶつけたのか、ワーッと泣《な》き出した。

「何をする！」

水原が、あわててユカの方へ駆《か》け寄《よ》っている間に、洋子は玄関《げんかん》から廊下《ろうか》へ飛《と》び出《だ》していた。

「誰《だれ》か来て！　助けて！」

洋子は思い切り叫《さけ》んだ。

そのとき、何かが激《はげ》しく壊《こわ》れるような音が、五〇一号室の中で聞こえて来た。

「お母さん！」

洋子は、怖《こわ》さも忘《わす》れて、ドアを開け放った。

真白な煙《けむり》が、吹《ふ》きつけて来て、洋子は目を閉《と》じた。

そして——それが静《しず》まると、洋子は、眼前《がんぜん》の光景《こうけい》に、愕然《がくぜん》とした。

何もない。いや——あるものもあった。

机《つくえ》。——例《れい》の作家のだろう。

そして、布団《ふとん》も、投げ出されていた。その他も、方々でなくなったものばかりだ。

「お母さん！」

と、洋子が叫《さけ》んだ。

母がフラリと、奥《おく》から出て来た。続《つづ》いて敏子も……。

「良《よ》かった……お母さん！」

洋子は綾子へ駆《か》け寄《よ》って、力一杯《ちからいっぱい》抱《だ》きついた……。


「——何も憶《おぼ》えてないのよ」

と、綾子は照《て》れたように言った。「ただ、ポカッと空白になってる感じ。その間の記憶《きおく》が」

「敏子も、全然憶《ぜんぜんおぼ》えてないみたい」

と、洋子は言った。

「ともかく、助かったわ」

綾子は、洋子の頭を、軽く撫《な》でてやった。

夕食の席《せき》に、今日も父の姿《すがた》はない。

「――お父さんにも黙《だま》ってよう」

と、洋子は言った。「きっと誰《だれ》も信《しん》じてくれないしね」

「そうね。ただの夜逃《よに》げ、ということにしておいた方が無難《ぶなん》かもしれないわ」

「お母さんも――」

「え？」

「お父さんのポケットに入っていられりゃ、別々《べつべつ》に暮《くら》さなくても済《す》むのにね」

「とんでもない！　あんな汚《きた》ないハンカチと一緒《いっしょ》なんてごめんだわ」

綾子はそう言って、自分で笑《わら》い出していた。

――あの魔術師《まじゅつし》、どこへ行ったんだろう？

洋子は思った。そう、今後、どこかでお人形を見かけたら、誰《だれ》か知っている人と似《に》ていないか、気を付《つ》けて見ておこう……。

知らない私《わたし》

1

どうしてこんな所にいるわけ？

——三枝真美《さえぐさまみ》は、人いきれで汗《あせ》ばむようなバーの、薄《うす》くもやがかった空気の向うに、確《たし》かに木元重夫《きもとしげお》の不機嫌《ふきげん》な顔を見付《みつ》けて、一瞬《いっしゅん》目を疑《うたが》った。

しかし、ここにいる理由はともかく、それが木元であることだけは間違《まちが》いなく、こんな所でバッタリ会うのはまずいことも確《たし》かだったのである。

真美は木元から目をそらして、隣《となり》の椅子《いす》へ目をやった。武井《たけい》は今電話をしに出ている。じきに戻《もど》って来るだろう。

それにしても……。

「——やあ、ごめん」

武井が人の間をすり抜《ぬ》けるようにして戻《もど》って来た。「——混《こ》んでるな」

「流行《はや》ってるからね、ここ」

と、真美はカクテルを空けて、「雑誌《ざっし》で紹介《しょうかい》されたりしたから。テーブルをふやしてぎりぎり一杯《いっぱい》に入れてる」

「今度はどこか別《べつ》の店を捜《さが》そう」

と、武井は言った。

「用はすんだの?」

「ああ、携帯《けいたい》電話なんて不便《ふべん》なもんだ。どこにいても、お構《かま》いなしでかかってくる」

そう言いながら、スイッチを切ろうとしない武井だ。真美には、文句《もんく》とは裏腹《うらはら》に、こんなときに呼《よ》び出《だ》されることに快感《かいかん》を覚《おぼ》えている武井の気持がよく分っていた。

そう。本人はどう思っているか分らないけど、格好《かっこう》をつけているだけで、中身はありきたりのサラリーマンと大して違《ちが》わない、せこい奴《やつ》なんだ。

ただ、今のところ、大学三年生の真美にとっては、大学の男の子よりも金持で、おいしいものは食べられるし、こうして洒落《しゃれ》たデートもできる。

武井が事業に失敗《しっぱい》して一文無《いちもんな》しにでもなれば、すぐに「バイバイ」するところだが、まあ今はまだ大丈夫《だいじょうぶ》らしい。

「――ね、空気が悪くて頭が痛《いた》くなるわ」

と、真美は言った。「出ない?」

「よし。ホテルに行こう。いいんだろ?」

少し迷《まよ》った。今夜はこのバーで長く粘《ねば》って、

「明日、一限《げん》から出なきゃ」

とやって逃《に》げようと思っていたのだ。

しかし、これ以上長居《いじょうながい》して、木元に見付《みつ》かってもまずい。

仕方ないか。――ここ三回ほど、武井には「おあずけ」を食わせている。毎度「食《く》い逃《に》げ」もうまくない。

「――いいわ」

と、真美は微笑《ほほえ》んで、「でも、頭痛《ずつう》が鎮《しず》まるまではおとなしく待っててね」

「ああ、大丈夫《だいじょうぶ》。すぐ治《なお》るさ」

と、人のことを勝手に請《う》け合《あ》って、武井は席《せき》を立つと、「タクシーを呼《よ》んどく」

「支払《しはら》いを忘《わす》れないでね」

と、真美は本気で言ってやった。

――チラッと木元のいた辺《あた》りへ目をやったが、人のかげに隠《かく》れて、よく見えない。

ともかく早く出よう。真美はバッグを手に、席《せき》を立った。

武井とは、この一年ほどの付合《つきあ》い。今年四十歳《さい》の「社長」である。今夜は飲むので乗っていないが、いつもはベンツで迎《むか》えに来てくれる。

妻子《さいし》持ち。不倫《ふりん》というわけだが、どっちも「遊び」と承知《しょうち》の仲《なか》だ。妙《みょう》にベタベタしないですむのが真美にとってもありがたかった。

バーを出て、ホッと息をつく。――本当に少し頭痛《ずつう》がしかけていたので、冷《つめ》たい夜気を何度か大きく吸《す》い込《こ》んだ。

「車はすぐ来る」

と、武井がやって来た。「待っててくれ。電話を一本かけてくる」

「ええ」

真美は、バッグからタバコを出して火を点《つ》けた。――時折《ときおり》、ポーズを決めるのに喫《す》うくらいだが、今夜は珍《めずら》しく深々と吸《す》い込《こ》んで、

「おいしい！」

と感じた……。

誰《だれ》かが斜《なな》め後《うし》ろに立った。

「もうすんだの？」

と、振《ふ》り向《む》くと――。

木元重夫が立っていた。

外の街路《がいろ》は薄暗《うすぐら》い。とっさのことで、真美は、

「何か？」

と、素知《そし》らぬ顔で言った。

「何してるんだ、こんな所で」

と、木元は言った。「しかも、タバコなんか喫《す》って……」

「どなたかと勘違《かんちが》いなさってません？」

一旦《いったん》とぼけた以上《いじょう》、それで押《お》し通《とお》すしかない。

「何言ってるんだ！——真美君、驚《おどろ》いたよ。君がこんな所にいるなんて」

「困《こま》ったわね」

と、笑《わら》って見せて、「それに、『こんな所』って、あなただっているんじゃないの」

「僕《ぼく》は会社の仕事で来てる。——いいだろう。君を家まで送って行く。待ってるんだ。今、断《ことわ》ってくるから」

「あのね——」

と言いかけた真美は、武井が出て来て、こっちへやって来るのを見て、参《まい》った、と思った。

「どうした？　誰《だれ》なんだ？」

武井は、木元を見て言った。

「いいの。人違《ひとちが》いなのよ。私《わたし》が誰《だれ》かと似《に》ているらしいわ。あ、タクシーよ」

〈予約《よやく》〉の文字を光らせたタクシーが店の前へ寄《よ》せて停《とま》った。

「行きましょ」

と、武井の腕《うで》を取る。

「待て！」

木元が、真美の肩《かた》をつかんで、「どこに行くんだ？」

「やめて。触《さわ》らないで下さい」

と、冷淡《れいたん》に、「はっきり言っとくけど、あなたのことなんて全然《ぜんぜん》知らないわ」

「君、しつこくつきまとうのはやめたまえ」

武井は偉《えら》そうに言って、木元の胸《むね》を押《お》した。

危《あぶな》い！　真美はドキッとした。木元は、見たところ中肉中背《ちゅうぜい》の普通《ふつう》の体型《たいけい》だが、学生のころずっと柔道《じゅうどう》をやっていて強いのである。

「こんな所でケンカなんて、みっともないわよ」

と、わざと笑《わら》って見せ、「さ、行きましょう。相手になるだけむだよ」

さっさとタクシーに乗《の》り込《こ》む。――早くドアを閉《し》めて！　早く出して！

武井が行先を告《つ》げて、やっとタクシーが走り出したとき、真美はそっと息をついた。

汗《あせ》をかいている。こんなに涼《すず》しいのに。

「――変《へん》な奴《やつ》が多い。気を付《つ》けろよ」

と、武井が言った。「頭痛《ずつう》はどうだい？」

それどころじゃないわ！

真美は笑顔《えがお》を作って、

「ありがとう。もう治《なお》ったわ」

「そうか」

武井の片手《かたて》が、真美のミニスカートから覗《のぞ》く白い太腿《ふともも》にそっと置《お》かれた。

2

カチャリ、と鍵《かぎ》をかけ、チェーンをかけると、真美は欠伸《あくび》しながら玄関《げんかん》から上った。

ただいま、と言っても答えるのは冷蔵庫《れいぞうこ》のモーターの唸《うな》りくらいだ。一人暮《ぐら》しの侘《わび》しさである。

とはいえ、もちろん大学へ入るとき「上京して、どうしても一人で暮《くら》したい!」と親の反対を押《お》し切《き》った手前、グチなどこぼせないし、ここの家賃《やちん》も親がかりである。

「――くたびれた」

カーテンを引いて、ベッドの上に引っくり返る。服を脱《ぬ》ぐにも少し休まなくては……。

このところ太り気味で、服がきつくなって来た。――用心しないとね。

それにしても……。

今日の出会いはまずかった。

「他人の空似《そらに》」で押《お》し通《とお》すことができるだろうか？

しかし、ただ見かけたというだけでなく、話もしているのだから、声までそっくりとなると……。

「参《まい》ったな」

と、真美は呟《つぶや》いた。

木元重夫は二十六歳《さい》。真美にとっては大学の先輩《せんぱい》だ。五つ年齢《ねんれい》が違《ちが》うのは、木元が高卒《こうそつ》で一旦働《いったんはたら》きに出て、二年間勤《つと》めてから大学へ入ったからで、その経歴《けいれき》からも想像《そうぞう》がつくように、ともかく「真面目《まじめ》人間」で、努力《どりょく》の人である。

真美とて、そういう木元の長所を認《みと》めていないわけではない。尊敬《そんけい》もしているし、将来《しょうらい》は結婚《けっこん》を、という木元の言葉にも、「前向きに」（政治家《せいじか》とは違《ちが》って本心である）考える、と返事している。

しかし――付合《つきあ》うには何とも面白味《おもしろみ》のない男で……。同じ大学の女の子たちがあちこち遊びに行っているのを見ると、博物館《はくぶつかん》だの美術展《びじゅってん》だのにしか連《つ》れて行《い》ってくれない木元は、退屈至極《たいくつしごく》な男に見えてしまう。

バイト先で知り合った武井と、今のような付合《つきあ》いになって、木元に対して多少申しわけないという気持も——初《はじ》めの内こそ、あったものの、今は何とも思っていない。

まあ、木元に振《ふ》られたとしても、死ぬほど悲しくはないだろう。ただ困《こま》ったことには、真美の両親は上京したとき、木元に会って、また両親がすっかりこの「堅物《かたぶつ》」を気に入ってしまったのだ。

木元と別《わか》れた、なんて言おうものなら、もともとあんまり娘《むすめ》を信用《しんよう》していない（？）父親など、「一体なぜ別《わか》れた！」と言ってくるに決っている。もし木元の口から、真美が中年男と不倫《ふりん》中らしいなどと伝《つた》わろうものなら、父親がカンカンに怒《おこ》って、真美を連《つ》れ帰《かえ》りに来るのは目に見えていた。

そして真美は座敷牢《ざしきろう》に入れられ、頭を丸めて尼《あま》さんに——というのは大げさにしても、親にばれるのだけは何としても避《さ》けたかった……。

あれこれと考えている内、真美は呑気《のんき》にウトウトしていたらしい。

電話の鳴る音にびっくりして飛《と》び起《お》きてしまった。何も考えずに出て、

「——もしもし」

と言うと、

「真美君」

木元の声！　いっぺんに眠気《ねむけ》はふっ飛《と》んでしまった。

「あら……。木元さん？　今晩《こんばん》は。しばらく電話がないから、病気してるのかと思った。元気？」

真美は、いつもと変《かわ》らない声で何とかそう言った。ちょっと息をついて、ここは何としてもごまかし通そうと決める。

「——真美君。君……今夜は？」

「え？　今夜？　レポートがあって、ずっと友だちの所でやってたの。もうクタクタ！今、帰って来て引っくり返ってるところ。とっても木元さんには見せられない」

と笑《わら》って、「――もしもし？　どうしたの？」

「なあ、真美君。僕《ぼく》は嘘《うそ》をつかれるのが一番嫌《きら》いだ。君もよく知ってるだろ」

「何ですか、突然《とつぜん》？」

「本当のことを言ってくれ。君、今夜六本木《ろっぽんぎ》の〈R〉ってバーにいなかったか」

「え？」

と、呆気《あっけ》に取られるふりをして、「有名な店ね。でも、行ったことないわ。誰《だれ》も連《つ》れてってくれないし。木元さん、誰《だれ》かと行ってたの？」

「仕事だ」

「本当かな」

と、冷《ひ》やかすように言って、「それで？　どういうことなのか、話して」

木元の話を聞きながら、真美は自分には芝居《しばい》の才能《さいのう》があるらしいと考えたりしていた。

「そんなに私《わたし》とよく似《に》てた？」

「うん。声もね。そりゃ、他人でよく似《に》た子もいるかもしれないが、あそこまで似《に》ていて、しかも声もそっくりなんてこと、考えられないよ」

「それじゃ――」

「いや、君が嘘《うそ》をついてると言うんじゃない。ただ――自分の記《き》憶《おく》を疑《うたが》いたくなっちまう。それくらいよく似《に》てるんだ」

真美は、ちょっとの間ためらっていた。――ホテルの部屋で、武井とまた少し飲んだ。その酔《よ》いも残《のこ》っていたのだろう。

自分でも迷《まよ》っている内、言葉が勝手に飛《と》び出《だ》していた。

「木元さんが会ったの……きっと妹です」

3

探《さぐ》るような視線《しせん》を感じた。

木元だ。視界《しかい》の隅《すみ》に、しっかり木元の姿《すがた》を捉《とら》えながら、真美はタバコに火を点《つ》けた。

都心のホテルのロビー。待ち合せの客で、ほとんどのソファが埋《うま》っている。

真美は、木元がすぐそばに来て立っているのは分っていたが、一向に気付《きづ》かないふりをして、足を大胆《だいたん》に組み、ぼんやりとロビーの華《はな》やかなシャンデリアを見上げていた。

咳払《せきばら》いが聞こえる。――まだまだ。

「失礼《しつれい》ですが……」

こわばった木元の声に、真美はふき出しそうになるのを何とかこらえた。

「――え?」

と、間を空けて木元を見上げ、「ああ。――あなた?」

「木元重夫です」

「そう。あのときの人? よく憶《おぼ》えてないわ。酔《よ》ってたしね」

真美はタバコを大理石の磨《みが》き上《あ》げられた床《ゆか》へポンと落として、ギュッとハイヒールで踏《ふ》んだ。

「姉がいつもお世話になってるそうで」

と、真美は言った。「私《わたし》、マミよ。私《わたし》の方はカタカナなの」

「初《はじ》めまして……というわけでもないか」

木元は何を言っていいか分らない様子だった。

「お話があるんでしょ？　どこへ行く？」

と、真美は立ち上った。

「どこでも、僕《ぼく》は……」

「じゃ、この下のバーにしましょ。近くていいわ」

と、歩き出すと、「――何してらっしゃるの？」

「いや……」

木元は、真美が踏《ふ》みつけたタバコの吸《す》いがらを拾うと、「ちょっと待っていて下さい」

と、小走りに屑入《くずい》れへと捨《す》てに行った。

「——失礼《しつれい》しました」

と、戻《もど》った木元へ、

「姉の言ってた通りの人ね」

と笑《わら》って、「私《わたし》のことは何か言ってた？」

「いや、特《とく》に何も……」

「悪口しか言えないから、黙《だま》ってるんでしょうね」

と、真美は言った。

——二人は、時間が早いのでまだ人気のあまりないバーに入った。

「それで……。姉からお聞きになったんでしょ？」

「ええ……。双子《ふたご》で産《う》まれて、事情《じじょう》があってあなたの方は里子に出されたとか……」

「お互《たが》い、何も知らなくてね。ある日、町中でバッタリ会ってびっくり。いくら何でも、他人じゃこうまで似《に》ないね、ってわけで色々調べてみると、そういうことだったの」

「ショックだったでしょうね」

木元がしみじみと同情《どうじょう》している様子なので、おかしくて仕方なかったが、

「それはまあ……。十八でしたからね。でも、子供《こども》じゃないから、親には親の事情《じじょう》もあるわけだし」

と言ってから、「木元さん、だっけ？　真美の両親には決して言わないでね。私《わたし》に会ったなんてこと。姉と二人で、秘密《ひみつ》にしておこうって決めたんです」

「分っています。決して口にしません！」

と、木元は誓《ちか》った。

「外見はそっくりだけど、姉と私《わたし》は正反対。別《べつ》に私《わたし》だってグレてるってわけじゃないのよ。私《わたし》の周《まわ》りの女の子たちは、みんな似《に》たようなもの。姉の方が例外《れいがい》なの。分って下さいね」

「ええ、それは……」

木元はソフトドリンク。真美は水割《みずわ》りを飲んでいた。いつも、木元の前ではほとんど飲まないようにしている。

「マミさん……。何だか変《へん》だな。呼《よ》び方《かた》が同じだと」

と、照《て》れたように笑《わら》う。

「そうでしょ？　でも、同じにした親の気持も分るわ」

「ええ、ええ。よく分ります！　きっと、あなたを手放すのは、死ぬほど辛《つら》かったでしょう」

「そうね。でも、今の私《わたし》には関係《かんけい》ないことだわ」

と、真美は肩《かた》をすくめて見せた。

「でも——。一つ、伺《うかが》っていいですか」

「どうぞ」

「あのとき一緒《いっしょ》だった男性《だんせい》……。あの人はかなり年上だったようですが」

「そうね。ま、父親って言ってもいい年齢《ねんれい》かしら」

「あの男は……独身《どくしん》ですか」

どう見ても真剣《しんけん》そのもの。

「いいえ。奥《おく》さんも子供《こども》もいるわ」

「じゃ……。あなたと結婚《けっこん》する気はないんですね」

「でしょうね。こっちもないし」

「そんなことはいけません！」

と、木元は顔を真赤《まっか》にして、「傷《きず》つくのはあなたです。そんな付合《つきあ》いは不毛《ふもう》です。人の道に外れたことです」

「あのね――」

と、少しうんざりして、「お説教《せっきょう》しに来たの？　じゃ、もう帰って。私《わたし》はちゃんと自分のしていることぐらい分ってます。ご意見は伺《うかが》いましたわ」

「いや……どうも」

と、木元は息をついて、「すみません。つい、真美君を前にしているような気がして」

「姉にも、いつもこんな調子で説教《せっきょう》なさるの？」

「いいえ、決して――」

「そうでしょうね。姉は私《わたし》と違《ちが》うわ。姉とホテルに泊《とま》ったりしてる?」

「とんでもない!」

と、木元はむきになって、「親ごさんとも固《かた》く約束《やくそく》しています。結婚《けっこん》までは、決してそういうことはしないと」

「面白《おもしろ》い人」

と、真美は笑《わら》って言った。「姉はきっと、あなたのような人にはぴったりね。真面目《まじめ》人間で」

自分で言って、少々照《て》れてしまう。

「僕《ぼく》は、あなたのことが心配なんです。生活を改《あらた》めないと、今に取り返しのつかないことになります」

真美はびっくりした。そして、なぜだか自分もむきになって、

「あなたは私《わたし》の恋人《こいびと》でも何でもないのよ。そんなことまで言われる筋合《すじあい》はないわ」

と言い返していたのである。

木元は、ちょっと詰《つま》って、

「――すみません。つい……。あなたが他人のように思えないんです」

と、頭を下げ、「失礼《しつれい》なことを言いました。許《ゆる》して下さい」

そう言われてしまうと、真美の方も少々申しわけない気がする。

「いいんです。――いい方ね、本当に」

と、真美は言った。

「いや……。お節介《せっかい》なんですよ。どうしても。自分でもよく分ってるんですが。――

ともかく、お会いできて良《よ》かった」

「ええ……」

「どうも。――それじゃ、僕《ぼく》はこれで」

いい加減《かげん》水っぽくなったジュースを飲《の》み干《ほ》して、木元は伝票《でんぴょう》を取ろうとした。

「あ、私《わたし》、自分の分は――」

「いや、とんでもない」

手が伝票《でんぴょう》の上で重なった。木元がどぎまぎしている。

「ここは僕《ぼく》が。――では」

と立ち上って、木元は逃《に》げ出《だ》すように行ってしまった。

真美は、急に夢《ゆめ》から覚《さ》めたように、しばらく身動きもせずに座《すわ》っていた。

「――うそ」

と呟《つぶや》く。

木元が「マミ」にひかれていない。――真美ははっきりとそう感じたのだった。

4

「――どうしたの?」

と、真美は訊《き》いた。「落ちつかないわね」

「え?」

木元は、間の抜《ぬ》けた感じで、そう訊《き》き返すと、「ああ……。いや、そんなことないよ」

と、首を振《ふ》った。

「でも、さっきから時計を見てるわ」

真美は、ゆっくりとコーヒーカップを受け皿へ戻《もど》し、「何か用事でもできたの？

それならそう言って」

木元は、しばらく黙《だま》っていたが、

「――実は、そうなんだ。急な仕事が入ってね。君には申しわけなくて……」

「じゃ、そう言ってくれればいいのに」

「すまん」

「いいのよ。私《わたし》も少し疲《つか》れてるの」

と、真美は言った。「早く帰って、寝《ね》るわ」

「そうしてくれ。僕《ぼく》は……」

「また電話して。行っていいわよ。仕事に遅《おく》れると困《こま》るでしょ」

「じゃあ……。悪いね」

木元は、そそくさと喫茶店《きっさてん》を出て行った。

真美は、ゆっくりとコーヒーの残《のこ》りを飲《の》み干《ほ》した。

あわてることはない。分っているのだから。木元は、たとえ一時間でも二時間でも待っている。「マミ」が現《あら》われるまでは。

六時半。――マミが木元と約束《やくそく》しているのは七時である。木元は必死《ひっし》で駆《か》けつけるだろう。

いつもマミがたっぷり一時間は遅《おく》れてくると知っていても、自分は遅《おく》れまいとするだろう。そういう男なのである。

「――馬鹿《ばか》げてる」

と、真美は呟《つぶや》いた。

冗談《じょうだん》半分の嘘《うそ》が、今は真美をがんじがらめにしつつあった。

「真美とマミ」の二役をもはや楽しむどころではない。

木元は今、本気になって「マミ」に恋《こい》している。そして、真美に対して罪《つみ》の意識《いしき》に苦しんでいるのだ。

そんな木元に、今さら、

「冗談《じょうだん》だったのよ」

などと言えるものか。

木元の生真面目《きまじめ》さが、今は厄介《やっかい》の種《たね》だ。

でも——放っておくわけにはいかない。

行かなくては。「マミ」として、木元との待ち合せの場所に。

喫茶店《きっさてん》を出ると、真美は地下鉄の駅へと急いだ。そこのコインロッカーに、「マミ」の服や靴《くつ》の一式が入れてある。

こんなこと……。いつまでも続《つづ》きはしない。いずれ、木元に事実が知れる。

何とかしなくては。——何とか。

真美は駅の階段《かいだん》を、小走りに下って行った。

「いいの？　こんなことしてて」

と、真美は――いや「マミ」は言った。

「いいとか悪いとかじゃない。僕《ぼく》にもそれがやっと分ったよ」

木元はそう言って、真美の肌《はだ》に自分の汗《あせ》ばんだ肌《はだ》を重ねた。

とうとう。――こんなことになってしまった。

真美の方から誘《さそ》ったというわけでもないのだが、ごく自然《しぜん》にこうなってしまったのである。まさか木元が、という気持はあったが、一方では「マミ」を演《えん》じていることで、つい木元を誘《さそ》う結果《けっか》になってしまったのかもしれないと思う。

だが――どうしよう？　今夜は今夜として、これからどうしたらいいだろう。

「狭《せま》い部屋だな」

と、木元は初《はじ》めて入ったホテルの部屋の中を珍《めずら》しそうに見回した。

「そりゃ仕方ないわよ。ベッドさえありゃいいんですもの、結局《けっきょく》は」

「うん……。君はすてきだ」

「ありがとう。でもだめよ、姉に言っちゃ」

「まさか……」

木元は辛《つら》そうに顔をそむけた。

「ねえ、木元さん。——もう別《わか》れた方がいいんじゃない、私《わたし》たち？」

と、真美はさりげなく言った。

「君……。僕《ぼく》じゃ不服《ふふく》かい？」

「そうじゃないけど——。姉の気持を考えると、これ以上《いじょう》深みに入らない方がいいと思うの」

「ね、マミ。君は……どうだろう」

木元は、彼女《かのじょ》の手を握《にぎ》りしめると、言った。「僕《ぼく》は、君と、、結婚《けっこん》したい」

真美は唖然《あぜん》とした。

「——何を言ってるの！」

「真美君とは……君の姉さんとは別《わか》れる。僕《ぼく》が悪いんだ。姉さんには謝《あやま》るよ。よく話して分ってもらう。ともかく、自分の気持はどうすることもできないんだ。——君に恋《こい》してしまったんだ」

「とんでもないわ！　私《わたし》——私《わたし》、そんなことできないわ！」

「マミ——」

「間違《まちが》えないでね。私《わたし》は遊んだだけよ。あなたのことを本気で好《す》きなわけじゃないわ」

真美は、木元を突《つ》き放《はな》して、ベッドから飛《と》び出《だ》した。

「待ってくれ！　謝《あやま》るよ。——マミ」

「私《わたし》にはね、ちゃんと好《す》きな人がいるの。あなたは姉と結婚《けっこん》すればいいのよ！」

急いで服を着ると、真美は、「もう二度と会わないから！」

と、叩《たた》きつけるように言って、ホテルの部屋を出たのだった。

とんでもないことになっちゃった……。

真美は、重い足どりでアパートに帰り着いた。もちろん、タクシーなんてぜいたくはできない。

木元は、すっかり「真美とマミ」の話を信《しん》じ切《き》っている。

――まさか、こんなことになるなんて！

玄関《げんかん》の鍵《かぎ》を開け、中へ入ろうとすると、

「真美！」

という声。

「え？」

と振《ふ》り返《かえ》ると、暗がりから誰《だれ》かがやって来た。

「こんな時間に、すまん」

武井である。

「どうしたの？」

と言ったものの、廊下《ろうか》で話していたのでは他の住人に聞かれる。「入って。――そっとね」

部屋へ上り、明りを点《つ》けた真美は、改《あらた》めて武井を見て驚《おどろ》いた。

武井は別人《べつじん》のようだった。——不精《ぶしょう》ひげで顔は薄汚《うすよご》れ、スーツもしわくちゃだ。

「どうしたの、そのなり?」

と、真美が言うと、武井はペタッと座《すわ》り込《こ》んで、

「まあ……。ちょっとね、まずいことがあって。——な、何か食わしてくれないか。ちょっと——ここんとこ、食事してないんだ」

頰《ほお》はこけ、目の下にはくまができている。

「待ってて」

真美は冷凍庫《れいとうこ》を開け、冷凍《れいとう》のピラフがあったので、フライパンで炒《いた》めてやった。

武井は見る間に食べ尽《つ》くして、息をついた。

「——ありがとう! 旨《うま》かった」

「何があったの?」

「大したことじゃないんだ。ちょっと手形が落ちなくてさ。いや、手違《てちが》いなんだよ、ただの。金がないわけじゃないんだ。あと二、三日すりゃ入ってくる。分ってるんだ。だけど、今は何しろ不景気《ふけいき》だろ？　銀行も色々やかましくてね。散々《さんざん》、俺《おれ》のおかげでいい思いしといて、危《あぶな》くなるとパッと逃《に》げ出《だ》すんだよ。いやなもんだね」

と、一人で肯《うなず》いている。

「破産《はさん》したの？」

「破産《はさん》？　いや、そういうことじゃないんだよ。うん、そんなことじゃないんだ」

武井は伸《の》びをすると、畳《たたみ》の上にゴロリと横になった。「気持いいなあ。――いや、君はいい子だ。信《しん》じていられるのは、君だけだよ……」

呆《あき》れて眺《なが》めている真美の前で、武井はたちまちいびきをかいて眠《ねむ》り込《こ》んだ。

真美は、頭を抱《かか》えてしまった。

このところ、武井と連絡《れんらく》したくてもできなかったのは事実だ。しかし、この有様は……。

事業が失敗《しっぱい》して、破産《はさん》。借金《しゃっきん》取りに追われているのだろう。少なくとも、それに近い状態《じょうたい》であることは確《たし》かだ。

まさかここに居座《いすわ》る気じゃないでしょうね。

「冗談《じょうだん》じゃないわよ！」

と、真美は思わず情《なさけ》ない声を上げていた……。

5

真美は玄関《げんかん》のドアを開けて、中へ入った。

「――私《わたし》よ」

と言って上ると、押入《おしい》れの戸が開き、武井が出て来る。

「遅《おそ》いじゃないか」

「仕方ないでしょ。友だちと約束《やくそく》があったんだもの。――はい、お弁当《べんとう》」

と、コンビニの袋《ふくろ》を武井の前に置《お》く。

「またコンビニの弁当《べんとう》か」

武井は顔をしかめた。

「文句《もんく》言わないで。いやなら出てってよ」

「分ったよ」

武井は弁当《べんとう》を食べ始めた。

「――お隣《となり》の人から言われたわ。『昼間、TVの音がしてたわよ』って。気を付《つ》けてって言ってるじゃないの」

「どうしろってんだ？　TVでも見なきゃ、何もすることなんかないじゃないか」

「武井さん。――言っとくけど、もう五日間もここに居座《いすわ》ってるのよ。いい加減《かげん》にしてちょうだい。男の人を置《お》いてるなんて知られたら、出てかなきゃならないんだから」

正面切って、真美は武井をにらんだ。

「――おい。俺《おれ》にどれだけ金を使わせたと思ってるんだ？」

「勝手にそっちが使っただけでしょ。恩着《おんき》せがましいことを言わないでよ」

真美は立ち上って、「ともかく、明日には出てって。分ったわね」

と言《い》い捨《す》て、買って来たものを冷蔵庫《れいぞうこ》へ入れようとした。

突然《とつぜん》、武井が真美に襲《おそ》いかかった。

「何するの！——やめて！」

二人はもつれ合って倒《たお》れた。

「俺《おれ》を馬鹿《ばか》にしやがって！　俺《おれ》の力を知らせてやる！」

武井が真美の服を引《ひ》き裂《さ》く。真美は必死《ひっし》で武井の顔に爪《つめ》を立てた。

武井が呻《うめ》いて、ひるんだところを、力一杯《ちからいっぱい》突き飛《と》ばす。そして玄関《げんかん》へ——。

裸足《はだし》のまま、ドアを開けて、真美は立ちすくんだ。——目の前に木元が立っていたのである。

「どうしたんだ？」

「助けて！　あの男が——」

武井がよろけながらやって来る。

「何をしてる！」

と、木元は真美をかばって、「お前か！」

武井を憶《おぼ》えていたのだ。

「この人、私《わたし》を殺《ころ》そうとしたの！」

と、真美は叫《さけ》んだ。「妹に振《ふ》られて、腹《はら》いせに私《わたし》を――」

「何言ってるんだ！　お前は俺《おれ》の女だ！」

武井が木元を押《お》しのけようとした。「邪魔《じゃま》するな！」

木元が拳《こぶし》を固《かた》めて、武井を殴《なぐ》りつけた。

武井は呆気《あっけ》なく尻《しり》もちをついて、

「やりやがったな！」

と、台所の方へ這《は》って行くと、包丁《ほうちょう》をつかんで、「殺《ころ》してやる！」

と、立ち向って来た。

二人の男がもみ合って転がる。――真美は息を殺《ころ》して、目の前の信《しん》じられないような光景《こうけい》を見つめていた。

呻《うめ》き声《ごえ》が上った。

真美は、思わず目をつぶっていた。


「じゃ……」

と、真美は言った。「卒業《そつぎょう》を待って結婚《けっこん》するってことでいいのね」

「ああ。それが何よりだ」

と、父親が肯《うなず》く。「女は下手に給料《きゅうりょう》なんかもらわない方がいい」

「あなた。そんなのは古いわよ」

と、母が笑《わら》って、「でも、木元さん。娘《むすめ》のことはどうかよろしく」

「はい。引き受けました。ご安心下さい」

木元は、いつもながら、きちっとスーツにネクタイ姿《すがた》である。

「――ともかく、これで一安心だ」

と、父が言った。「一人で放っとくと、ろくなことがない」

「お父さん」

と、真美は父をにらんだ。

「――そろそろ列車の時間です。出た方が」

木元は、レストランの伝票《でんぴょう》をつかんで立ち上った。

東京駅《とうきょう》のレストランで、真美たちは両親と食事をしたところだった。

上京して来た両親に、木元と結婚《けっこん》したいと話したのである。

もともと父も母もそう願《ねが》っていたのだから、反対はなく、時期の点だけを話し合って、帰る両親を駅まで送って来たところだ。

――ホームへ上ると、もう両親の乗る列車は停《とま》っていた。

「それじゃ」

と、父が言った。

「荷物を入れましょう」

木元が一旦《いったん》列車の中へと入って行く。

真美は、穏《おだ》やかな気持だった。——そう、これで良《よ》かったのだ。

木元と共通《きょうつう》の秘密《ひみつ》を抱《だ》いていることが、二人を結《むす》びつけた、と言っていいのかもしれない。

木元は武井を殺《ころ》した。——真美は、木元と二人で武井の死体を夜中に運び出し、車で遠い湖へ運んで捨《す》てた。

「マミとのことが分ったら、警察《けいさつ》は正当防衛《せいとうぼうえい》とは認《みと》めてくれないかもしれないわ」

と、真美は言ったのだった。

死体は、いつか発見されるかもしれないが、破産《はさん》して暴力団《ぼうりょくだん》に追われていた武井である。真美や木元が疑《うたが》われることはまずあるまい。

——その夜、木元は真美のアパートに泊《とま》った。真美は初《はじ》めて木元に抱《だ》かれたのだ。

木元も、夢《ゆめ》から覚《さ》めたように、「マミ」のことは言わなくなり、「結婚《けっこん》しよう」と言ってくれた……。

「――もう出るわ」

列車から出て来た木元と、真美は手をつないで窓《まど》の中の両親へ手を振《ふ》った。

ベルが鳴り、見送りの人たちが列車から離《はな》れる。

そのとき――スラリとした女性《じょせい》が、スーツケースを手に二人のそばを通って行き、近くの乗降口《じょうこうぐち》から列車に乗った。

「――どうしたの？」

と、真美は木元が何かに気をとられているのに気付《きづ》いて、

「ね、どうかした？」

「マ、マミだ」

「え？」

「今、列車に乗った女……。見ただろ？　マミだった」

「そんな――。違《ちが》うわよ」

「いや、そっくりだった」

と、木元は言《い》い張《は》った。

そして、突然《とつぜん》木元は真美の手を振《ふ》り払《はら》って駆《か》け出《だ》した。

「待って！」

戸が閉《しま》る直前、木元は列車に乗《の》り込《こ》んでしまった。

呆然《ぼうぜん》とホームに立ちすくむ真美の前から、ゆっくりと列車が去って行く。

「こんなことって……」

と、真美は呟《つぶや》いた。

列車はスピードを上げ、すぐに見えなくなった。

――私《わたし》が、あの人を奪《うば》った。私《わたし》が、私から。

真美は笑《わら》い出した。

ホームを後に、ゆっくりと階段《かいだん》を下りて行きながら、真美は笑《わら》い続《つづ》けていたのだった……。

雨雲

1

「いやだなあ……」

と、隣《となり》で雄二《ゆうじ》が呟《つぶや》くのが聞こえて来る。

「何がだよ」

分っているくせに、紳一《しんいち》は訊《き》いてやった。退屈《たいくつ》してもいたのだ。

どうしてみんな、運動会なんてものに熱中《ねっちゅう》できるんだろう？　ただ、走ったり、よじ上ったり、けとばしたり……。

そんなことして、何が面白《おもしろ》いんだ？

本当に、紳一はそう思っていた。——小学校六年生としては、いささかひねくれていると思われそうだが、なに、内心同じように思っている子は決して少なくない。ただ、何となく面白《おもしろ》いふりをして見せてるだけさ……。

「お前、平気なのかよ」

と、雄二が言った。「もうこれが終ったら徒競走《ときょうそう》だぜ」

「知ってるよ」

「俺《おれ》、遅《おそ》いからさ。いやなんだ」

と、雄二は、仏頂面《ぶっちょうづら》をして、「いくら一生懸命《いっしょうけんめい》走っても、親父《おやじ》は決って怒《おこ》るんだ。『あんな風に初《はじ》めっから気を抜く奴《やつ》があるか！』って。かなわねえよ」

雄二は確《たし》かに、太っていて、見るからに走るのは苦手そうだった。しかし、それを言えば、紳一だって同じことだ。

運動全般《ぜんぱん》、ともかく得意《とくい》でもないし、好《す》きでもない。小柄《こがら》で、ヒョロッとやせていて、全力で走ったりすると、たちまち貧血《ひんけつ》を起す。

ただ、紳一は、たとえ「かけっこ」でびりになったって、雄二みたいに、怒《おこ》られたりはしない。

紳一は一人っ子で、しかも父を早くに亡《な》くしているせいもあって、母は、紳一が少々煩《わずら》わしく感じるくらいに、可愛《かわい》がってくれている。

無理《むり》に頑張《がんば》って走って、貧血《ひんけつ》でも起そうものなら、

「あんなものいい加減《かげん》に走っときゃいいのよ！」

と、意見してくれるくらいである。

でも、今日も走らなくてすむだろう。——きっと。

青空はまぶしかった。生徒《せいと》は全員地べたに座《すわ》っているので、お尻《しり》が痛《いた》い。

ピッと笛が鳴って、前のゲームが終った。

紳一は、空を見上げた。——開会式の校長先生の挨拶《あいさつ》の通り、「絶好《ぜっこう》の運動会日和《びより》」である。

ところどころ、雲は浮《う》かんでいるが、この分なら、今日一日の快晴《かいせい》は間違《まちが》いなし、
というところだった。

「やれやれだ」

と、雄二が渋々《しぶしぶ》立ち上る。

徒競走《ときょうそう》は全員が走るので、時間がかかる。――まだいいや、と紳一は思った。赤、白、緑に色分けされたチームごとに、走る。六年生は最後《さいご》なので、ずいぶん待っていなくてはならなかった。

「――もうすぐだぜ」

と、雄二が情《なさけ》ない声を出した。「畜生《ちくしょう》、急に雨でも降《ふ》らねえかな」

紳一は、空を見上げた。――もちろん、雨など降《ふ》りそうにない青空。バン、バン、とスタートのピストルの音が空を駆《か》け巡《めぐ》っている。

すると――青空の一点に、ポツン、と小さな黒い影《かげ》が浮《う》かんだ。誰《だれ》も気付《きづ》いた人間はいないだろう。紳一以外《いがい》には。

「おい、みんな少し手足をほぐしとけよ!」

と、担任《たんにん》の先生が声をかける。

紳一は、何もしなかった。そんな必要《ひつよう》はないのだ。――そうだとも。

ふっと日がかげって、みんなびっくりしたように空を見上げた。

いつの間に。――誰《だれ》もが目を丸くしている。

黒い雨雲が、太陽を遮《さえぎ》って、ちょうどこのグラウンドの真上辺《あた》りに広がりつつあった。

「何だ、あんなに晴れてたのに……」

と、先生が渋《しぶ》い顔で、「早くやろう。――おい！　急げ！」

雄二が、胸《むね》をドキドキさせている様子で、

「おい、降《ふ》るかな、雨？」

と、紳一に訊《き》く。

「たぶんね」

と、紳一は答えた。

「――よし、次！」

と、先生が怒鳴《どな》った。

ポツン、と頭に軽く当る感触《かんしょく》。ポツン、ポツン、と落ちていた雨滴《うてき》は、パタパタと音をたててグラウンドの土を叩《たた》き始めた。

「雨だ！――おい、校舎《こうしゃ》へ入れ！」

先生が、大声で生徒《せいと》たちに言った。

紳一は、みんなが駆《か》け出《だ》して行くのを眺《なが》めながら、のんびり歩いて行った。――大《だい》丈夫《じょうぶ》。まだひどくは降《ふ》らないよ。

父母席《せき》にいた親たちも、突然《とつぜん》の雨で、もちろん傘《かさ》もなく、先生たちがあわてて体育館へと誘導《ゆうどう》している。

紳一は、校舎《こうしゃ》に入ると、少し濡《ぬ》れた髪《かみ》の毛《け》を、タオルで拭《ふ》いた。

ＯＫ。――さあ降《ふ》れ。思いっ切り。

雨は、グラウンドの風景《ふうけい》をかき消すばかりの勢《いきお》いで降《ふ》り始めた。

先生たちが、頭からずぶ濡《ぬ》れになって、右往左往《うおうさおう》している。

「やった、やった！」

と、雄二が飛《と》び上って喜《よろこ》んでいる。「これで走らなくてすむぜ、なあ！」

「そうだね」

紳一は、窓《まど》から激《はげ》しく降《ふ》りしきる雨を眺《なが》めながら、ポツリと呟《つぶや》くように答えた……。

2

「天気はどうだ？」

起きて来て、まずそう訊《き》くのが、坂本《さかもと》の日課《にっか》のようになってしまっていた。

といっても、坂本は気象庁《きしょうちょう》に勤《つと》めているわけではない。

「大丈夫《だいじょうぶ》。いいお天気よ」

と、洋子《ようこ》が答える。「天気予報《よほう》でも、今日は一日、大体晴れですって」

「そうか……」

それから、坂本は、おもむろに欠伸《あくび》をするのだった。

「今朝はオムレツを作ったから、食べて行ってね」

と、洋子が台所から声をかける。

「分った」

坂本は返事をしながら、パジャマを脱《ぬ》いで、ベッドの上に放り投げた。

顔を洗《あら》って、ひげを剃《そ》り、鏡《かがみ》の中の自分の顔に見入る。——三十四歳《さい》としては、若々《わかわか》しく見える。ゆうべは少し早めに眠《ねむ》ったし、この数日はアルコールも控《ひか》えて体調を整えていた。

よし。——大丈夫《だいじょうぶ》だ。

鏡《かがみ》の中の自分へ、坂本は肯《うなず》いて見せた。

もちろん、まだ目が覚《さ》めて五分ほどしかたっていないから、多少は眠《ねむ》そうだし、頭も少しぼんやりしているが、朝食をとる間に、ちゃんとエンジンが回り出すに違《ちが》いない。

ダイニングへ行くと、洋子がコーヒーをいれて待っている。

「今朝は豪勢《ごうせい》だな」

と、坂本は椅子《いす》を引いて座《すわ》りながら、「食《た》べ過《す》ぎて、お腹《なか》を痛《いた》くしないようにしなきゃ」

「小さめのオムレツよ。ちゃんと栄養《えいよう》つけてくれなきゃ」

「君の方こそ、だろ」

坂本は、大きくせり出した妻《つま》のお腹《なか》へ目をやりながら言った。

洋子は二十七歳《さい》。少しきゃしゃに見える体つきだが、病気はあまりしない。しかし、もう予定日は二週間ほど先に迫《せま》っている。

「調子、どうだい?」

と、朝食をとりながら、坂本は言った。

「順調《じゅんちょう》よ。時々けとばすから、びっくりして目を覚《さ》ましちゃう」

と、洋子は笑《わら》った。

――七つ違《ちが》いの坂本と洋子は、三年前に結婚《けっこん》していた。洋子は妊娠《にんしん》するまで共働《ともばたら》きをしていたが、今はずっとこの家にいる。

「明日の仕度《したく》をしとけよ」

と、坂本は言った。「今日はできるだけ早く帰るけど」

「無理《むり》しないで。明日休めるのなら、それでいいのよ」

「休むさ。今日さえすめば――」

電話が鳴り出した。こんな朝から、誰《だれ》だろう？

洋子が出て、

「――あ、おはようございます」

言い方で分る。坂本はコーヒーで、口に入れていたパンを流《なが》し込《こ》んだ。

「はい、紳一さんに代ります。――あなた、お義母《かあ》さん」

「分った。――もしもし」

「紳一？　どうなの、今日は」

と、母のしっかりした声が聞こえて来る。

「どう、って？」

「大切な日なんでしょ？　ちゃんと憶《おぼ》えてるんだからね、母さんは」

「心配することないよ」

と、坂本は苦笑《くしょう》した。

「いい？　落ちついてね。あんたは昔から人前に出るとあがる子だったから」

「もう子供《こども》じゃないぜ」

と、坂本は言ってやった。「じゃあ、もう出かけないといけないから」

「はいはい。頑張《がんば》って。こっちでお祈《いの》りしてるからね」

と、母は言った。

きっと、冗談《じょうだん》でなく、本気でお祈《いの》りしているに違《ちが》いない。

「いつまでも子供扱《こどもあつか》いだ」

と、席《せき》に戻《もど》ると、坂本はアッという間にオムレツを平らげた。「――もう出るかな」

今日は、坂本の「課長昇進試験《かちょうしょうしんしけん》」の日である。その資料《しりょう》や、準備《じゅんび》したスライドを持って行かなくてはならない。

いつもより少し早目に出る必要《ひつよう》があった。

「ご心配なのよ、お義母《かあ》さんは」

と、洋子は言った。「ネクタイ、どれにする?」

「どれがいいかな。君、決めてくれ」

「ええ、いいわ」

洋子は嬉《うれ》しそうに言った。

――坂本の勤《つと》める会社は、何万人という社員を抱《かか》える大企業《きぎょう》である。TVコマーシャルでもよく名が売れており、他人に説明《せつめい》するには苦労《くろう》しないが、同じ世代での出世競争《きょうそう》には激《はげ》しいものがあった。

つまり、ポストの数に対して、同世代の社員が多すぎるのである。しかも、大企《き》業《ぎょう》なので幹部《かんぶ》が一人一人の業績《ぎょうせき》に目を届《とど》かせるのは難《むずか》しい。

その結果《けっか》生れたのが、「課長昇進試験《かちょうしょうしんしけん》」である。――三か月前に、幹部会《かんぶかい》から出されたテーマについて、自分で調査《ちょうさ》し、資料《しりょう》を揃《そろ》えて、発表しなければならない。それも、社長、常務以下《じょうむいか》、十数人の幹部《かんぶ》がズラリと並《なら》んでいる前で、である。

今日、その試験《しけん》を受けるのは七人。その内の二人だけが、「課長《かちょう》」のポストを次の人事で約束《やくそく》される。多くて二人だ。一人も合格《ごうかく》しないことも珍《めずら》しくない。

この三か月、坂本は家に帰らないこともしばしばだった。——洋子の体のことを考えると心配だったが、仕方ない。

何しろ、何もなくても夜中に帰ることが年中だ。それに加《くわ》えて試験《しけん》の準備《じゅんび》である。時には会社に泊《とま》り込《こ》むこともあった。

坂本だけではない。一緒《いっしょ》に試験《しけん》を受ける者、誰《だれ》もがそうだったのである。

「あなた。もう行った方が」

と、洋子が言った。

「うん。じゃ、今日は早く帰るからな」

「ええ。——気を付《つ》けて」

洋子は家の外へ出た。

郊外《こうがい》の一戸建《いっこだて》。ここを買って二年になる。空気もいいし、緑も多いが、その代り、駅までは車で出るしかない。電車で一時間十分——。

ぜいたくは言えないが、疲《つか》れ切《き》って帰る身には長い距離《きょり》だった……。

洋子は青空を見上げた。

「いいお天気ね」

「良《よ》かったよ。雨だとズボンの裾《すそ》に泥《どろ》がはねるからな」

坂本は両手一杯《いっぱい》にかかえた資料《しりょう》を、車の後ろの席《せき》へ放《ほう》り込《こ》むと、「じゃ、行ってくる」

と、洋子に微笑《ほほえ》んで見せた。

「行ってらっしゃい」

と答えて、洋子はちょっと笑《わら》ってお腹《なか》に手を当てた。

「どうした?」

「この子も『行ってらっしゃい』って。お腹《なか》をけとばしてるわ」

「そうか」

坂本は笑《わら》った……。

洋子は、夫《おっと》の車が見えなくなるまで、家の前に立って見送っていた。

何しろ見通しはいいので、車がずいぶん小さくなるまで、視野《しや》に入っている。

――新たに造成《ぞうせい》された住宅地《じゅうたくち》だが、まだ実際《じっさい》に家が建《た》っているのは三分の一ほど。

夜になるといささか心細い。

特《とく》にこのところ、夫《おっと》が帰らないこともあるので、戸締《とじま》りは厳重《げんじゅう》にしていた。

家の中に入って、鍵《かぎ》をかけ、チェーンをかける。ちょっと顔をしかめた。

お腹《なか》の具合が――いや、もちろん、赤ちゃんのことだが――いつもと微妙《びみょう》に違《ちが》うような気がする。気のせいかもしれないが。

夫《おっと》には言えなかった、今日は夫《おっと》にとって大切な日なのだ。――大丈夫《だいじょうぶ》。何てことはないんだわ、きっと……。

本当ならもっと早く――一か月前には実家へ戻《もど》っていたかった。しかし、洋子の実家は九州《きゅうしゅう》で、夫《おっと》について行ってもらわなくては、不安《ふあん》だった。

この三か月、夫《おっと》がそれどころでないことを、洋子はよく知っていた。社内でも優《ゆう》秀《しゅう》な若手《わかて》の一人として、夫《おっと》は張《は》り切《き》っていたし、プライドもあった。今日がすむまでは……。洋子も、無理《むり》は言えなかった。

玄関《げんかん》を上ろうとして、郵便《ゆうびん》が一通、落ちているのに気付《きづ》いた。——かがみ込《こ》んで拾うのもひと苦労《くろう》である。

〈××クリニック〉？　何だろう？

ダイニングに入って、椅子《いす》に腰《こし》をおろすと、洋子は封《ふう》を切った。

薄《うす》っぺらな紙が一枚《いちまい》出て来る。——〈請求書《せいきゅうしょ》〉。

あの人、クリニックにかかったなんて、何も言ってなかったのに……。どこか悪いんだろうか？〈カウンセリング料《りょう》〉として、大した金額《きんがく》でもない請求《せいきゅう》が記してある。

カウンセリング？　洋子は首をかしげた。

まあいい。——請求《せいきゅう》があったからには、振《ふ》り込《こ》んでおかなくちゃ。

忘《わす》れないように、洋子はその封筒《ふうとう》を自分の大きな財布《さいふ》の中へ、たたんでしまっておいた。

さあ、片付《かたづ》けなきゃ。――皿やコーヒーカップを流しへ運んで、テーブルの上を拭《ふ》こうとしていると、不意《ふい》に下腹《したはら》に痛《いた》みがやって来た。

じっと息を殺《ころ》して、動かずにいると、やがてその痛《いた》みは遠ざかった。――何だろう?

まさか――もちろん、そんなことはない!

まだ早すぎる。まだ……。

慎重《しんちょう》に、そろそろと動きかけて、洋子は急に部屋の中が薄暗《うすぐら》くなったので、ドキッとした。自分の目がどうかしたのかと思ったのである。

そうじゃないんだわ。日がかげったのだ。――あんなにいいお天気で、雲なんかどこにも見えなかったのに。

何だか空気まで冷《つめ》たくなって来たような気がして、洋子は軽く身震《みぶる》いした。

車は快調《かいちょう》に飛《と》ばしていた。

エンジンの音にも不安《ふあん》はない。——よし、今日はいいスタートだ。

坂本紳一は、自分の内に漲《みなぎ》って来るエネルギーを感じていた。母や洋子は心配してくれるが、坂本はいささかもあがってなんかいなかった。

もちろん、実際《じっさい》に社長や常務《じょうむ》の前に出れば、緊張《きんちょう》するだろうが、それは却《かえ》ってプラスにもなる。そういう場に強いのだ！

一緒《いっしょ》に今日試験《しけん》を受ける六人の中で、二人はこの三か月の間に胃《い》を悪くして、何日か休んでいた。ストレスがたまったのだろう。

一人はノイローゼ寸前《すんぜん》で、昨日《きのう》も休んでしまっていた。たぶん今日も出て来ないだろう、と坂本は思った。

そういう連中《れんちゅう》に同情《どうじょう》しないほど、坂本は冷《つめ》たいエリートではない。坂本自身も、学生のころは目立たず、パッとしない、「普通《ふつう》の生徒《せいと》」にすぎなかったのだ。

それが、社会へ出て、運良《うんよ》く今の会社に採用《さいよう》されると、たちまち頭角を現《あら》わして、同期の中でもトップを争《あらそ》うようになってしまったのである。我《われ》ながら不思議《ふしぎ》だった。

ともかく、会社が「合っていた」と言うしかない。——夫婦《ふうふ》に「相性《あいしょう》」というものがあるように、人間と企業《きぎょう》にも、それはあるものなのだろう。

カーラジオのニュースでも、別《べつ》に鉄道の事故《じこ》とか遅《おく》れはないようだ。

駅に着いて、駐車場《ちゅうしゃじょう》にこの車を入れて、それからゆっくりといつもの電車に間に合う。そうだ。——すべてうまく行ってるぞ。

洋子の体のことは、ちょっと気になっていた。しかし、明日になれば、この三か月の、信《しん》じられないくらいの忙《いそが》しさから、解放《かいほう》されるのだ。たった一日のことだ。

——あのヤブ医者め！

車は、まだ未開発《みかいはつ》の林の間を抜《ぬ》けていた。駅までは、ちょっとした「山越《やまご》え」をしなくてはならないのだ。

買物は、反対の方角へ出て、スーパーに行く。そっちへはバスが通っているのだが、この道はまだ車でしか行けないのである。

しかし——ちょっとめまいや頭痛《ずつう》がしただけで、医者なんかへ行ったのが間違《まちが》いだった。精神科《せいしんか》の医者を紹介《しょうかい》されて――それがとんでもない奴《やつ》だったのだ！

何といったっけ？――そうそう。「過剰適応《かじょうてきおう》」とか。

つまり、世の中にうまく合せすぎてる、ってわけだ。会社では無理《むり》をしている。本当は会社を嫌《きら》っていて、仕事がいやなのに、それを自分で押《お》し隠《かく》してしまっている……。

全く、ああいう連中《れんちゅう》の言うことは！

俺《おれ》は仕事を楽しんでいるのだ。張《は》り切《き》って、喜《よろこ》んでやりとげているのだ。

それが……「過剰適応《かじょうてきおう》」？　笑《わら》わせるなよ！

あんな医者のたわ言は、要《よう》するに、怠《なま》け者《もの》や負け犬に理屈《りくつ》をつけてやっているだけだ。もちろん人生、成功《せいこう》する人間ばかりじゃない。運の悪い奴《やつ》もいるだろう。

だからって、成功《せいこう》することが悪いことなのか？　自分の力で、何かをなしとげるのが。

「今度の試験《しけん》は受けない方がいいと思いますね」

と、あのヤブ医者は言った。

ふざけるな！――今、思い出しても、腹《はら》が立って仕方ない。

あんな奴《やつ》の言うことを真に受けてたら――。

フロントガラスに、パタパタと何かが当った。――雨か？

坂本は、ちょっと舌打《したう》ちした。

あんなに晴れてたのに。――何てことだ。

天気予報《よほう》も晴れだったんだ。通り雨だろう。

坂本は、少し意地になってワイパーを動かさずにいたが、やがて雨は本降《ほんぶ》りになって来た。

仕方なくワイパーのスイッチを入れる。

「――おい、どうしたんだ？」

ワイパーが動かない！　坂本はスピードを落した。

曲りくねった道で、前方が見えないと危険《きけん》なのだ。

「このポンコツ！」

何度も叩《たた》いたり、切りかえたり、やってみたが、ワイパーは動かなかった。雨がフロントガラスを叩《たた》いて、前方はまるで幾重《いくえ》にもビニールで覆《おお》ったように、歪《ゆが》み、ぼやけて見えた。

落ちつけ。――大丈夫《だいじょうぶ》。時間は充分《じゅうぶん》にあるんだ。

スピードを三十キロぐらいまで落して、じっと前方に注意を集中する。雨とはいっても、夜中ではない。全く見通しがきかないわけではないので、運転は可能《かのう》だった。

よし……。この調子だ。

この道はずっと続《つづ》くわけではない。あとほんの数キロで、下の平らで広い真直《まっす》ぐな道に出る。

そこまでの辛抱《しんぼう》さ。――そう、目が覚《さ》めていいじゃないか。

雨だって、その内にはパッと上るだろう。

しっかりとハンドルを握《にぎ》りしめて、曲りくねった道を辿《たど》って行く。

雨が、まるで激流《げきりゅう》のような勢《いきお》いで、車を叩《たた》き始めた。

3

胃《い》に痛《いた》みを感じて、部長の大井《おおい》は、引出しを開けた。

そこには胃薬《いぐすり》から、頭痛《ずつう》、風邪《かぜ》、乗りもの酔《よ》いの薬まで、およそ三十もの種類《しゅるい》の薬が入っている。大井は、いつもそれを見るとホッとするのだった。

ええと……。胃《い》の薬は――これか。

錠剤《じょうざい》を二つ、手の上に出して、

「おい、水を持って来てくれ」

と、秘書《ひしょ》の女の子に声をかける。

「はい」

慣《な》れたもので、女の子の方も、もう水を入れたコップを、こっちへ持って来るところだった。

錠剤《じょうざい》を二つ、口に含《ふく》んで、水と一緒《いっしょ》にのみ下す。——もちろん、こんなものがすぐに効《き》くわけはないが、それでも何となく胃《い》の辺《あた》りが軽くなったような気がするから、妙《みょう》なものだ。

「おい」

と、大井は声をかけた。「坂本から連絡《れんらく》はないか」

訊《き》いてから、さっきも同じことを訊《き》いたな、と思い出したが、何くわぬ顔をしていた。

「ありません」

と、女の子が首を振《ふ》って時計を見る。「珍《めずら》しいですね。いつも、八時半までにはみえるのに」

「うん……。そうだな」

大井は、苛立《いらだ》っている時のくせで、五十という年齢《ねんれい》の割《わり》には、すっかり白くなった頭へと手をやった。まるで髪《かみ》の乱《みだ》れが、すべての悪いことの原因《げんいん》だ、とでもいうように。

いつもなら八時半までに来ている。しかし今日は特別《とくべつ》の日なのだ。いつもとは違《ちが》うのである。

今朝は、八時半から坂本と二人で、今日の「課長昇進試験《かちょうしょうしんしけん》」のリハーサルをすることにしていた。これは他の部長たちも同様で、今、たぶんあちこちの会議室《かいぎしつ》で、質《しつ》疑応答《ぎおうとう》の練習が行われているだろう。

大井の下から、今日試験《しけん》を受けるのは、二人だった。いや、そのはずだった。ところがその内の一人は、昨夜《さくや》、胃《い》から出血して、入院してしまったのだ。——全く、情《なさけ》ない奴《やつ》だ！

大井は坂本に期待をかけていた。頭も切れるし、人当りも良《よ》く、見た目もスマートである。

馬鹿《ばか》げているようだが、めったに課長以下《かちょういか》の社員を目にすることのない社長などにとっては、見た目がいかにも優秀《ゆうしゅう》だというのは、大いにプラスの得点《とくてん》になるのだ。

坂本はその点でも合格《ごうかく》だった。——加《くわ》えて、この三か月の頑張《がんば》りは、大井ですら体のことを心配してやりたくなるくらいだった。

そう。——あいつはきっとやってくれるだろう。

いつもより遅《おく》れているのは心配だが、まあ電車でも遅《おく》れているのかもしれないし、試験《しけん》は午前十時からである。

あいつなら、大丈夫《だいじょうぶ》だ。

——大井を始め、部長たちが、これほどまでに部下の試験《しけん》に入れこむのは、自分の部下から何人合格者《ごうかくしゃ》を出すかが、部長の成績《せいせき》になって来るからなのである。

大井の所からはこの三年、一人も合格者《ごうかくしゃ》が出ていない。受けた者は五人もいたのだが、みんなしくじっている。

それだけに、大井は坂本に期待をかけていたのである……。

「坂本さん、今日はテストなんですね」

と、秘書《ひしょ》の女の子が言った。

「うん？——ああ、テストか。そうだよ。だから早く来ると思ったんだが」

「でも、奥《おく》さんがもう臨月《りんげつ》なんですよ。いつ生れてもおかしくないくらいだって」

「そうか。——もう、そんなだったかな」

「明日はお休みとって、ご実家へ送ってくっておっしゃってました」

と、女の子が言った。「でも、大変《たいへん》ですねえ。学校出ても、またテストだなんて。

私《わたし》なら絶対《ぜったい》いやだ」

大井はちょっと笑《わら》って、

「女の子は可愛《かわい》きゃいいのさ。それで合格《ごうかく》だよ」

と言った。

「あ、部長さん、それ、セクシャルハラスメントです」

と、女の子が笑《わら》う。

「部長、おはようございます」

と、田口《たぐち》がやって来る。「昼から大阪《おおさか》へ行って来ます」

「うん、ご苦労《くろう》」

大井は、出張届《しゅっちょうとどけ》に印《いん》を押《お》した。

そういえば、田口も坂本と同期の入社である。もっとも、田口に営業《えいぎょう》マン的《てき》な性格《せいかく》ではあるが、それに頼《たよ》りすぎて、独自《どくじ》の企画《きかく》を立てる能力《のうりょく》が欠《か》けている。

たぶん、田口が「課長《かちょう》昇進《しょうしん》試験《しけん》」を受けることはないだろう、と大井は思った。

「今日は坂本の晴れの日ですね」

と、田口が言った。「あいつならやりますよ」

「そう期待してる」

と、大井は肯《うなず》いた。

「まだ来てないんですか？　じゃ、きっと――」

と、田口は言いかけて、言葉を切った。

「何だ。何か用があると言ってたのか？」

「いえ、そうじゃないんです。もしかしたら、クリニックに寄《よ》って来るのかな、と思って――」

「クリニック？」

大井は眉《まゆ》を寄《よ》せた。「どこか具合が悪いのか」

「どうなんでしょう」

と、田口は肩《かた》をすくめて、「ただ、前に精神科《せいしんか》の医者にかかってる、と聞いたんで」

「精神科《せいしんか》だと？」

大井は訊《き》き返した。「確《たし》かなのか」

「本人が、そう言ってました。まあ、あいつみたいにエリートだと、それこそ色々ストレスもたまるでしょうし……」

「そうか。――それで何か言ってたか？」

「いえ、何も。大したことないようでしたよ」

「そうか……」

「では、行って参《まい》ります」

田口が一礼して席《せき》へ戻《もど》って行く。

大井は、お茶を飲んだ。――坂本が精神科医《せいしんかい》に？

なぜ黙《だま》っていたんだ？

もちろん大したことはないんだろう。しかし、もし……。

大井《おおい》の目は、まだ主の来ていない、坂本の席《せき》の椅子《いす》へと向けられていた。

——田口は、自分の席《せき》に戻《もど》って、忍《しの》び笑《わら》いしていた。

坂本の奴《やつ》！　ちょっとは失敗《しっぱい》する惨《みじ》めさを経験《けいけん》するんだな。

大井部長が、ノイローゼになったりする部下を見ると、「精神《せいしん》がたるんどるからだ」と、いつも怒《おこ》っているのを、田口はよく知っている。

坂本があのクリニックから出て来るのを見かけたのは、もちろん偶然《ぐうぜん》だった。田口は、いつかこれを使ってやろうと思っていたのだ。

今日は正に、最適《さいてき》の日だった。

人の足を引張《ひっぱ》るぐらい、面白《おもしろ》いことはない。——特《とく》に同期の出世《しゅっせ》頭《がしら》の、頭に来る奴《やつ》なら、なおさらだ。

しかし……どうしてあいつ、まだ来てないんだ？

田口も、坂本の席《せき》へと目をやって、思った……。

何てことだ！

こんな馬鹿《ばか》な話があるか！――畜生《ちくしょう》！

坂本は、叫《さけ》び出したかった。

雨は一向に弱まる気配もなく、もう三十分近くも降《ふ》りつづけていた。ワイパーが動かない状態《じょうたい》で、この豪《ごう》雨の中、車を運転するのは不可能《ふかのう》だった。

それに、歩いて行くにも、資料《しりょう》をかかえて、傘《かさ》をさし、この雨の中を歩けば、資《し》料《りょう》は台なしだろう。

早く止《や》め、止《や》んでくれ！

固《かた》く握《にぎ》りしめたこぶしは、じっとりと汗《あせ》がにじんでいる。――発表は十時からだ。

間に合う。まだ充分《じゅうぶん》に間に合う。

坂本は、自分へそう言い聞かせていた……。

それにしても、どうしてこんな雨が――。

これは普通《ふつう》じゃない。

あんなに晴れていて、予報《よほう》でも、雨が降《ふ》るなどとは一言も言っていなかったのに。

こんなことがあるだろうか？

「――まさか」

と、坂本は呟《つぶや》いた。「そんなことがあるもんか！」

血の気が引いた。まさか！

この雨を、俺《おれ》が降《ふ》らせてるなんてことが……。

確《たし》かに、子供《こども》のころ、坂本は自分に不思議《ふしぎ》な能力《のうりょく》があることを知っていた。雨を降《ふ》らせたい、と願《ねが》うと、本当に自分のいる辺《あた》りに雨雲を呼《よ》び寄《よ》せて、降《ふ》らせることができるのである。

あまり運動の得意《とくい》でなかった坂本は、よく、いやな体力テストや体育の時間、雨を降《ふ》らせて逃《に》げたものだ。

しかし——成長《せいちょう》するにつれ、そんなことも忘《わす》れて行った。実際《じっさい》、自分の中にひそんでいた能力《のうりょく》も、いつか消えて行ったようだったし、そんな必要《ひつよう》を感じることも、なくなっていたのである。

自分の力で、苦手なことは克服《こくふく》できる。——それが坂本の今の信念《しんねん》だった。

会社へ入ってからは特《とく》に、すべてがうまく行った。仕事は充実《じゅうじつ》し、面白《おもしろ》かった。同期の社員の中でも、飛《と》び切《き》りの早い出世だったし、社内でも評判《ひょうばん》だった美人の洋子も射止《いと》めた。

そう。——すべて、順調《じゅんちょう》だったのだ。

この雨が、今、それを邪魔《じゃま》しようとしている……。

しかし、そんなのは理屈《りくつ》に合わないじゃないか！　俺《おれ》はちっとも雨を降《ふ》らせたいなんて思っていないのだ。

それなのに、どうして降《ふ》るんだ？　こんなことが……。

不意《ふい》に、静《しず》かになった。——車体を叩《たた》いていた雨が、ピタリとやんだ。

たちまち辺《あた》りが明るくなる。日が射《さ》して、まぶしく濡《ぬ》れた緑に反射《はんしゃ》した。
やれやれ、やっとか！
坂本は笑《わら》い出した。――ただの雨だったんだ。そうだとも！
さあ、行くぞ。急がなくちゃ。
エンジンをかけ、車をスタートさせる。ほんの十分もあれば駅だ。
大井部長が、さぞ心配しているだろう。電話を入れておこう。
車が走り出すと――何とワイパーが動き始めた。――坂本は呆気《あっけ》にとられて、
「この野郎《やろう》！」
と、呟《つぶや》いた。「どうなってるんだ？」
ともかく――早く下りるのだ。下の道へ出ること。一刻《いっこく》も早く。
つい、アクセルを踏《ふ》む足に、力が入った。
いつもなら、もっと慎重《しんちょう》に運転しているのだが。
トラックが、道を上って来た。近道をするつもりなのだろう。ごくまれに、だが、

こんなことがある。

坂本はハンドルを切った。トラックが坂本の車のボディをこする金属音《きんぞくおん》がした。

坂本はブレーキを踏《ふ》んだ。

車が大きく揺《ゆ》れて、茂《しげ》みの中へ突《つ》っ込《こ》んで行く。

4

電話が鳴った時、洋子は居間《いま》のソファに横になっていた。

具合が特《とく》に悪いというわけではなかったのだが、何となく不安《ふあん》だった。どこか、いつもと違《ちが》うという予感があったのだ。

早く、一日が過《す》ぎてくれないかしら、と思った。早く過《す》ぎて、あの人が帰って来てくれたら……。

ずっと、外は曇《くも》っていた。あんなに朝は晴れていたのに。——いや、まだ朝の内だ。

曇《くも》っていて、薄暗《うすぐら》いので、まるで夕方のような気がするのである。

電話が鳴って、ゆっくりと洋子は起き上った。急ぐと、めまいがしそうだ。

「——はい、坂本でございます」

と、やっと電話に出て、洋子は言った。

「坂本君の奥《おく》さんですか」

「はい、さようでございますが」

「部長の大井です」

「あ、どうも。いつも主人が——」

洋子の言葉を遮《さえぎ》って、

「坂本君はどうしたんです?」

と、大井は訊《き》いて来た。

「は?」

「もう九時です。まだ会社へ来ていない。連絡《れんらく》もない。どうしたんです?」

大井の声はかなり苛立《いらだ》っていた。

しかし、びっくりしたのは洋子の方である。

「あの――まだそちらへ着いておりませんか」

「だから、電話してるんです」

と、大井は不機嫌《ふきげん》そのものの声を出した。

「あ、どうも……。申《もう》し訳《わけ》ありません。でも、いつもの通りに家を出ました。それきり別《べつ》に電話も――」

「困《こま》ったもんだ！　今日は大切な日なのに」

「ええ、それは主人もよく分っておりますから……。何かあったんでしょうか」

「知りませんよ。奥《おく》さん、いいですか、ご主人の試験《しけん》は十時から。まあ、彼《かれ》は四番目に受けますから、十一時を過《す》ぎるでしょう。しかし、今日、もしその時刻《じこく》に現《あら》われなかったら、二度とチャンスは回って来ませんぞ」

そう言われても……。洋子は、夫《おっと》の身が心配だった。

途中《とちゅう》で何かあったのだ。それしか考えられない。

「――奥《おく》さん」

と、大井は言った。「このところ、坂本君の様子に、どこかおかしいところはありませんでしたか？」

洋子は戸惑《とまど》った。

「おっしゃる意味が……」

「精神科《せいしんか》の医者にかかっていることを、私《わたし》には隠《かく》していた。何を診《み》てもらっていたんです？」

「あの――私《わたし》も存《ぞん》じません。請求書《せいきゅうしょ》が――」

「何です？」

「請求書《せいきゅうしょ》です。――今日、うちへ届《とど》いて、それで私《わたし》も初《はじ》めて……でも、ただのカウンセリングだと思います。おかしいところなんか少しも――」

「なるほど、どこかへ姿《すがた》をくらましたのでないといいんですがね」

「まさか、そんな――」

「ともかく、もし電話でもあったら、十一時までに這《は》ってでも来い、と言って下さい。いいですな！」

返事も待たずに、大井は電話を切ってしまった。

洋子は、しばし呆然《ぼうぜん》としていた。

あの人はどうしたんだろう？　何か悪いことでも……。

まさか、とは思ったが、洋子は坂本の実家へ電話してみることにした。

「――あ、お義母《かあ》さんですか、洋子です」

「あら、どうかしたの？」

坂本の母、かね子《こ》は、早く夫《おっと》を亡《な》くして、女手一つで紳一を育て上げた人だ。気丈《きじょう》で、近寄《ちかよ》りがたい印象《いんしょう》はあったが、洋子にやさしくしてはくれていた。

「実は」

と、洋子が事情《じじょう》を説明《せつめい》して、「そちらへも何も連絡《れんらく》していませんか？」

少し間があった。

「洋子さん。その精神科《せいしんか》のお医者っていうのは何のことなの?」

「いえ、私《わたし》も聞いていないんです。紳一さんは何も――」

「あなたは妻《つま》でしょう! どうして紳一のことが分らないの?」

洋子は、言葉を失《うしな》った。義母《ぎぼ》から、そんなきつい言葉が出るとは、思ってもいなかったのである。

「ともかく、今日は紳一の大切な日なんですよ」

「それはもう――」

「紳一が、何かの理由で遅《おく》れるというのなら、上司《じょうし》の方にお願《ねが》いしなさい。待って下さるように。それぐらいのこと、自分で考えたらどうなの」

「はあ……」

「後で電話しますから」

かね子は電話を切ってしまった。

——洋子は、どこか人里離《はな》れた場所へ、急に一人で投げ出されたような気持になった。
かね子の言葉の中に、洋子は今まで気付《きづ》かなかったもの——「息子《むすこ》の妻《つま》への敵意《てきい》」を、
初《はじ》めて聞きとった。
確《たし》かに、いつ電話して来ても、かね子は、洋子の体のことを訊《き》いたりしない。
そのことに洋子は気付《きづ》いていたが、大したことではないのだ、と思っていた。それ
が——。
ソファに戻《もど》って、洋子は、ため息をついた。——あの人はどうしたんだろう?
その時、激《はげ》しい痛《いた》みが下腹《したはら》を襲《おそ》って来た。

坂本は、やっと駅前までやって来た。
疲《つか》れ切《き》っていた。——しかし、車が少し傷《きず》ついただけで、何とか道へ戻《もど》すことがで
きたのは幸いだった。
九時半になっている。——急がなくては。たぶん、自分の発表が十一時ごろになる

ことは、分っていた。まだ何とか間に合うだろう。

車をいつもの場所へ停《と》め、資料《しりょう》を手にして、改札口《かいさつぐち》へと急ぐ。――次の電車まで十五分ある。

電話だ。――大井部長が心配しているだろう。

駅の中へ入って、ホームの下の公衆《こうしゅう》電話から、会社へかけた。

「――もしもし、部長ですか。坂本です。遅《おそ》くなって――」

「どこにいるんだ！」

と、大井の上ずった声が飛《と》び出《だ》して来た。

「駅です。あの――まだこれから電車に――」

「何をしてたんだ！　いいか、今日になって休む奴《やつ》がまた一人出たんだ。お前は三番目なんだぞ」

「すみません。途中《とちゅう》でひどい雨にあって」

「雨だと？」

少し間があって、それから大井は笑《わら》った。

それは、坂本の聞いたことのない笑《わら》いだった。

「この上天気に雨か！——何かないのか、うまい言いわけが」

「いえ、本当です。局地的《きょくちてき》に——」

「どうでもいい。ともかく、前のがのびて、十一時にはなるだろう。今までの例《れい》ではな。その時に来ていなけりゃ、おしまいだぞ」

「必《かなら》ず間に合せます」

と、坂本は言った。「必《かなら》ず行きます」

「よし」

と、大井は言った。「雨がどうした、なんて言いわけはするなよ。社長の前でな。精神科《せいしんか》の医者へ行ってるなんてことも言うな」

坂本は唖然《あぜん》とした。

「部長、それは——」

「ともかく、早く来い！」

大井《おおい》は叩《たた》きつけるように電話を切った。

坂本は、受話器《じゅわき》を戻《もど》すと、足下《あしもと》に置《お》いた資料《しりょう》を抱《かか》え上《あ》げた。

冷《つめ》たい水を浴《あ》びたような気分だった。――大井は、この三か月、親身になって、坂本の試験《しけん》の準備《じゅんび》を手伝《てつだ》ってくれた。

心から、坂本は大井を慕《した》っていたと言ってもいい。しかし……。

今の、あの「笑《わら》い」の冷《ひ》ややかさが、坂本の目を開かせた。

大井は結局《けっきょく》、自分のために、坂本に受かってほしいのだ。それだけなのだ。それだけ……。

まだ十分あった。ホームに上ろうとして、ふと洋子のことを思い出す。

もしかして――大井は自宅《じたく》へ連絡《れんらく》しているかもしれない。そうだとしたら、洋子も心配しているだろう。

どうせ、十分間は電車が来ないのだ。坂本はもう一度、公衆《こうしゅう》電話に向った。

——呼出《よびだ》し音が、五回、六回と聞こえたが、一向に出る気配はない。

どこかへ出かけたのだろうか？　あの体で？

それとも——。

三度かけた。そろそろ電車が来る。乗《の》り遅《おく》れたら、それこそ間に合わない。

諦《あきら》めて切ろうとした時、向うが出た。

「もしもし。——洋子。——もしもし？」

「あなた！——あなたなの？」

苦しげな声がした。

「洋子か。どうしたんだ？」

「苦しいの……。陣痛《じんつう》らしい……」

「何だと？」

坂本は愕然《がくぜん》とした。「大丈夫《だいじょうぶ》か！　救急車《きゅうきゅうしゃ》を——」

「やっと今……ここまで這《は》って来たの……。あなた、事故《じこ》にあったのかと思って……」

「俺《おれ》は大丈夫《だいじょうぶ》だ。しかし――おい、しっかりしろ！」

「一一九番で……救急車《きゅうきゅうしゃ》を呼《よ》ぶわ。あなた、会社へ行って……」

「しかし――」

「お義母《かあ》さんに叱《しか》られるわ、私《わたし》が。ね、会社へ行って……」

「――分った。すぐ救急車《きゅうきゅうしゃ》を呼《よ》ぶんだぞ」

「ええ……」

電車の入って来る音がした。

「じゃ、もう行く。また連絡《れんらく》するからな！」

坂本は電話を切ると、資料《しりょう》を抱《かか》えて、ホームへと駆《か》け上《のぼ》って行った。

洋子は、電話を切って、息を吐《は》いた。

夫《おっと》が無事《ぶじ》だと分って、やや不安《ふあん》は薄《うす》らいだが、痛《いた》みは一向に軽くならない。とても自力では病院へ行けないだろうと思った。

5

救急車《きゅうきゅうしゃ》を呼《よ》ぼう。——そう思った時、何か耳を襲《おそ》う、凄《すご》い音がした。

これは？——雨？

豪雨《ごうう》だ。ただの雨ではなかった。

家の中にいても、うるさいほどの音で、雨が叩《たた》きつけている。洋子はゾッとした。

何か、その雨の激《はげ》しさには、「悪意」があるように感じられたのだ。

馬鹿《ばか》なこと考えないで！——ともかく一一九番へ。

受話器《じゅわき》をとってボタンを押《お》そうとして……。洋子は、青ざめた。

発信音《はっしんおん》が聞こえない！　何度やり直しても、だめなのだ。

どこかで電話線が切れたのだ。

どうしよう？——雨に包《つつ》まれた家の中で、洋子は、下腹《したはら》を襲《おそ》う苦痛《くつう》に身悶《みもだ》えした……。

「もしもし」

と、坂本は言った。「部長ですか」

「どこにいるんだ？　もう始まってるぞ」

と、大井が低《ひく》い声で言った。

たぶん試験《しけん》の会場の近くにいるのだろう。

「途中《とちゅう》の駅です。――すみません、今日は行けそうにありません」

「何だと？」

「家内が陣痛《じんつう》を起して。病院へ無事《ぶじ》に着いたか心配なんです」

「おい、何を言ってるか分ってるのか？」

「もちろんです。家内に万一のことが――」

「そんなもの、放っといたって生れるんだ！　今来なかったら、終りだぞ！」

大井の言葉には、坂本の妻《つま》への思いやりの、かけらも感じられなかった。

「――結構《けっこう》です」

と、坂本は言った。「ともかく、今日は家へ帰ります」

「おい、坂本!」

構《かま》わず電話を切る。

坂本は、どうにも不安《ふあん》で、途中《とちゅう》の駅で降《お》り、もう一度家へかけてみたのだ。全くつながらないのを知って、戻《もど》るしかない、と決めたのだった。

——駅前の車に飛《と》び乗《の》ったのは、三十分後のことだった。

あの山道を、今度は慎重《しんちょう》に、しかしできる限《かぎ》りのスピードで辿《たど》って行く。雨は降《ふ》って来なかった。

洋子……。頑張《がんば》れよ!

林の間を抜《ぬ》けて、家が見えて来る辺《あた》りまで来て、坂本は目を疑《うたが》った。

青空が広がっている、その一画、そこだけに黒い雨雲が低《ひく》くたれ込《こ》めて、激《はげ》しい雨が降《ふ》っているのだ。

何だ、あれは?

車は、家の少し手前から、激《はげ》しい雨の幕《まく》へと突《つ》っ込《こ》んで行った。玄関《げんかん》の前に車を停《と》めドアを開けて走る。

アッという間に、ずぶ濡《ぬ》れになった。

玄関《げんかん》を開けようとして、愕然《がくぜん》とした。チェーンがかかっている！

洋子は中にいるのだ。

「洋子！──洋子！」

細い隙間《すきま》から叫《さけ》んだが、雨の音にかき消されそうだった。

ぐずぐずしてはいられなかった。──坂本は大きな石を拾うと、家の裏手《うらて》へ回った。窓《まど》を叩《たた》き割《わ》るのに、思ったより手間どったが、それでも、何とか鍵《かぎ》をあけ、中へ入ることができた。

洋子が、居間《いま》の床《ゆか》で、体を折《お》って、呻《うめ》いている。

「洋子！」

駆《か》け寄《よ》って抱《だ》き起《おこ》すと、洋子は目を開けた。

「あなた……。会社は？」

「馬鹿《ばか》！　そんなこと、どうだっていい。一一九番は？」

「電話が――切れて――」

「そうか。よし、車で病院へ行こう。ひどい雨だが、車までの辛抱《しんぼう》だ」

「ええ！」

「つかまれ！」

坂本は、唇《くちびる》をかみしめて苦痛《くつう》に堪《た》える洋子を支《ささ》えて、何とか玄関《げんかん》までやって来た。

これは……。坂本は愕然《がくぜん》とした。

玄関《げんかん》に水が流《なが》れ込《こ》んで来ていた。坂本の靴《くつ》が浮《う》かんでいる。

「あなた……」

「こんなひどい雨が……。畜生《ちくしょう》！　なぜなんだ！」

俺《おれ》は、たとえ会社が嫌《きら》いでも、洋子のことは愛《あい》しているのだ。それなのになぜ――。

どうして降《ふ》り続《つづ》けているんだ？

「待ってろ。——おぶっていってやる。いいか」

「あなた……」

「俺《おれ》は裸足《はだし》でもいい。さあ、俺《おれ》の背中《せなか》に」

足を下ろすと、ふくらはぎの辺《あた》りまで水に浸《ひた》った。

「無理《むり》だわ……。この雨じゃ……」

「馬鹿《ばか》！　しっかりするんだ！」

坂本はドアを開けた。正面から、雨が激《はげ》しい風と共《とも》に叩《たた》きつけて来て、坂本は思わずよろけた。

これではとても——あの車までも進めない。

「あなた……。そばにいて」

横になった洋子が手を伸《の》ばす。坂本はドアを閉《し》めると、息をついて、妻《つま》の手を握《にぎ》った。

「——俺《おれ》のせいだ。すまない」

「雨が？」

「ああ……」

坂本は、自分の、雨を降《ふ》らせる能力《のうりょく》のこと、そして医者に、「本当は会社を嫌《きら》っている」と言われたことを、洋子に話した。

「しかし……もう止《や》んでもいいはずだ。そうだろう？　俺《おれ》は君を選《えら》んだんだ。会社なんかどうだっていい！　部長なんかぶっとばしてやる！——畜生《ちくしょう》！　それなのに、どうしてこんなに降《ふ》り続《つづ》けてるんだ！」

「あなた……」

洋子は、深く何度か息をついた。「私《わたし》の手をしっかり握《にぎ》っていてね……」

洋子の顔に、玉のような汗《あせ》が浮《う》かんでいた。

苦痛《くつう》に、顔が歪《ゆが》む。

頼《たの》む……。止《や》んでくれ。頼《たの》む。

坂本は祈《いの》った。——誰《だれ》にでもいい。ともかく祈《いの》ったのである。

雨の音が……遠くなった。

気のせいか？　いや——確《たし》かに——。

静《しず》けさがやって来た。雨が止《や》んだ！

「やったぞ！」

坂本は、玄関《げんかん》へ下りて、ドアを開けた。

黒い雲は、信《しん》じられないほどの速さで散《ち》って行く。太陽が、まぶしい光を溢《あふ》れさせた。

水がどんどんひいて行く。

「洋子！　もう大丈夫《だいじょうぶ》だぞ」

と、駆《か》け戻《もど》る。「おい、しっかりしろよ」

洋子が目を開け、夫《おっと》の方を見て、肯《うなず》いて見せた。

「さあ、おぶってやる！——起きられるか？」

「何とか……」

弱々しい声で、洋子は言った。

車まで洋子をおぶって行く間に、水はすっかりひいてしまった。

洋子を助手席《じょしゅせき》に、車を運転していると、サイレンが聞こえた。

白バイが車のわきへついて、合図をする。スピードオーバーなのだ。

しかし、これが幸いだった。事情《じじょう》を話すと、白バイが先導《せんどう》して、一番近い総合《そうごう》病院へと連《つ》れて行《い》ってくれることになったのだ。

赤信号《あかしんごう》もそのまま通過《つうか》して、車は突《つ》っ走《ぱし》った。

「――どうだ？　大丈夫《だいじょうぶ》か？」

と、ハンドルを握《にぎ》りしめながら、坂本は訊《き》いた。

「ええ……。今は少し」

「少しはツイて来たぞ。なあ。――恨《うら》まないでくれよ」

「あなた……」

「うん？」

「もし……私《わたし》の身に何かあったら……」

「何を言い出すんだ！」

「聞いて」

と、洋子は言った。「あなたも、きっと気付《きづ》くから。――あなたのその力は――きっとお義母《かあ》さんから受《う》け継《つ》いだのよ」

坂本は、愕然《がくぜん》とした。そして――分かった。

そうだったのか！

「洋子――」

「お義母《かあ》さんは、あなたを奪《うば》った私《わたし》のことを……恨《うら》んでいたのよ。それがきっと、あの雨になって……」

そうなのだ。それに違《ちが》いない。坂本の力は、自分の周囲《しゅうい》に雨を呼《よ》ぶだけだが、母の力は、遠くのどこかにも、雨を降《ふ》らせることができるほど、強いのだ。

「ね、あなた」

と、洋子は、苦しげに喘《あえ》ぎながら言った。「お義母《かあ》さんを恨《うら》んだりしないでね。何があっても。――当然《とうぜん》のことなのよ、お義母《かあ》さんが、私《わたし》さえいなかったら、と思うのは……。無意識《むいしき》に、そう思っておられるだけなのよ」

「しかし――」

「ね、約束《やくそく》して。何があっても、お義母《かあ》さんを恨《うら》まない、と……」

坂本は、震《ふる》える声で、

「分ったよ……」

と言った。

車は白バイについて、病院の救急《きゅうきゅう》入口へと滑《すべ》り込《こ》んで行った。


「まあまあ」

と、かね子が赤《あか》ん坊《ぼう》を抱《だ》き上《あ》げて笑《わら》った。「紳一とそっくり。まるで紳一が赤《あか》ん坊《ぼう》に戻《もど》ったみたいだわ。大して変《かわ》らないけど」

「母さん、やめてくれよ」

と、坂本は苦笑《くしょう》した。「三十四の息子《むすこ》をつかまえてさ」

「あんたはまだ子供《こども》よ。この子をちゃんと育てられるのかね」

「もちろんさ」

「洋子さん、何でもやらせるのよ、この子に。これからの夫《おっと》は、赤《あか》ん坊《ぼう》の世話ぐらいできなきゃね」

ベッドで、洋子は微笑《ほほえ》んだ。

「そうしますわ」

「それじゃ……。私《わたし》、ちょっと婦長《ふちょう》さんにお菓子《かし》を買って来たから、渡《わた》して来るわ」

かね子が、赤《あか》ん坊《ぼう》をベビーベッドへ戻《もど》すと、紙袋《かみぶくろ》を手に、行ってしまう。

「——忙《いそが》しい人だな、相変《あいかわ》らず」

と、坂本は苦笑《くしょう》した。

明るい日射《ひざ》しが、病室の中へ射《さ》し込《こ》んでいる。

「今日は雨が降《ふ》りそうもないな」

と、坂本が言った。「お袋《ふくろ》ぐらいの力があったら、大井部長の行ってるゴルフ場を大雨にしてやるのに」

「よしなさいよ」

と、洋子が笑《わら》った。

「いや、そうでもない。上の方がね、俺《おれ》にもう一度やらせろと言ってくれたらしくて」

「まあ」

「——部長さん、ご機嫌斜《きげんなな》め?」

「しかし、どうでもいいよ」

と、坂本は、洋子の方へ少しかがみ込《こ》んで、「またそのために何日も家へ帰れない、なんてのはごめんだ。——なあ、課長《かちょう》にならなきゃ、愛想《あいそ》をつかすかい?」

「馬鹿《ばか》ね」

と、洋子は笑《わら》った。

「少しカウンセリングを受けようと思ってるんだ。確《たし》かに、自分の生活ってものが、今まではなかったからな」

「人生、長いのよ」

「そうだ。仕事だけするにゃ、もったいないな」

「この子の名前、考えた？」

「うん」

「何か決めたの」

「晴男《はるお》。どうだい？　晴れる男、で」

「本気？」

と、洋子は目を丸くした。

「候補《こうほ》の一つさ。相談して決めよう」

坂本は、外の光をまぶしげに見て、「しかし、あの時、突然《とつぜん》晴れ上ったのは、不思《ふし》議《ぎ》だったな」

「そうね」

「俺《おれ》の祈《いの》りが通じたんだ。愛情《あいじょう》がね。そう思うだろ？」

洋子は、夫《おっと》の手を握《にぎ》りしめた。

夫《おっと》には黙《だま》っていよう。——自分が、小さいころから、遠足や、運動会の日、たとえ雨になりかけても、雨雲を追《お》い払《はら》い、きれいに晴れ上らせる力を持っていたことは。

あの時、洋子は、それを思い出したのである。

「そう思わないのか?」

と、坂本が重ねて訊《き》くと、

「思うわ」

と、洋子は肯《うなず》いた。

赤《あか》ん坊《ぼう》が、甲高《かんだか》い声を上げて泣《な》き出していた。

回想電車

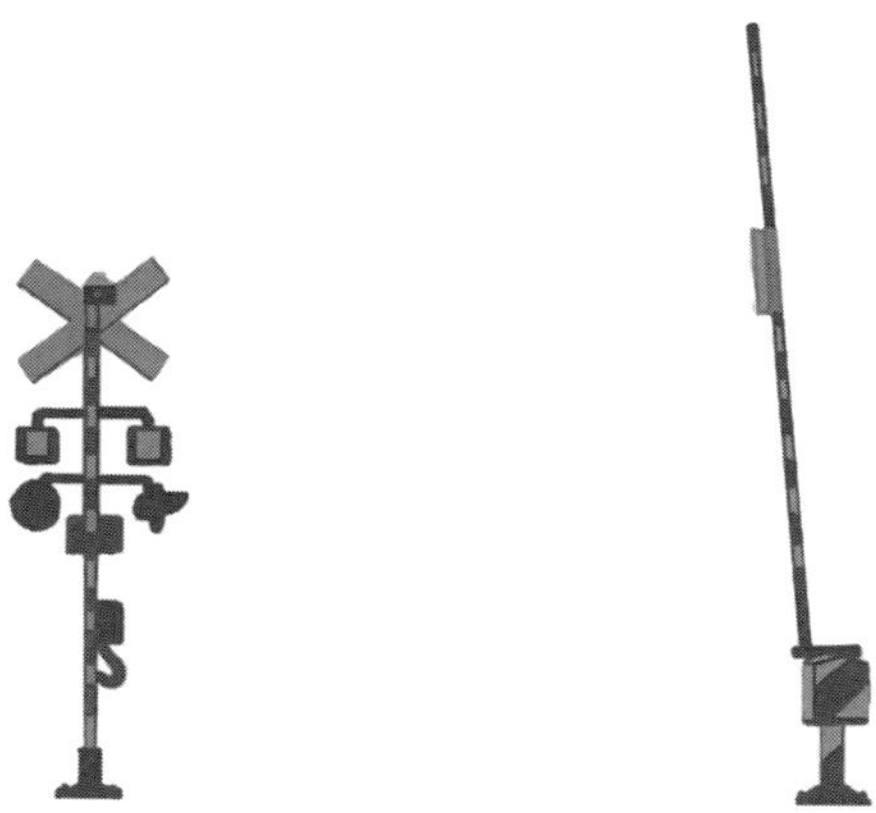

それは終電車だったろうか。

彼《かれ》にはよく分らない。——まあ、こんな時間になれば、終電車だって、その一本二本前だって、同じようなものだ。

たいていの客は忘年会《ぼうねんかい》かクリスマスパーティの流れで酔《よ》っていて、いささかだらしない格好《かっこう》で座《すわ》ると、次の駅に着く前にもう眠《ねむ》り込《こ》んでいる。

中には空いている電車に乗ることなんかめったにないんだから、と、長々と座席《ざせき》に寝《ね》そべっていびきをかいている者もあった。

男だけじゃない。最近《さいきん》は女性《じょせい》もアルコールには強くなった。だらしなく眠《ねむ》ったりしないだけ、男よりも強いのかもしれない。

——そう、やっぱり終電車ではなかっただろう。終電車なら、もう少し混《こ》み合《あ》うものだ。

ちゃんと終電の時間を憶《おぼ》えていて、どんなに酔《よ》っていても、それに間に合うように店を出るという……。どこか物哀《ものがな》しい特技《とくぎ》を持つサラリーマンがいくらもいるからである。

彼《かれ》はその口ではなかった。大体、彼《かれ》は酔《よ》っていない。酒というものを断《た》って、ずいぶん長くなる。もう何年か……。何十年だろうか？

若《わか》いころ、ほんの何年間かだけは、結構無茶《けっこうむちゃ》もしたものだが、ただ、「付合《つきあ》い」のためだけに胃《い》や肝臓《かんぞう》をだめにするのは馬鹿《ばか》げた話だと、ある日思った。そして、一切《いっさい》のアルコールを断《た》ったのだった。

別《べつ》に体をこわしてやめた、というわけではないので、悪友たちは、おだてたりおどしたり、あの手この手で、彼《かれ》にまた飲ませようとしたが、彼《かれ》は拒《こば》み通した。

その当時は、よく課長《かちょう》や上司《じょうし》から注意されたり、同僚《どうりょう》にそしられたりしたものだ。

しかし今は……。

時代は変《かわ》った。大酒飲みで、ヘビースモーカーだった社長が、アメリカで一流企《き》業《ぎょう》のトップたちと会って来てからだ。

禁酒禁煙《きんしゅきんえん》が、トップたる者の条件《じょうけん》。

社長のこの変《かわ》りように、社内は大騒《おおさわ》ぎになった。一人、平然《へいぜん》としていられたのは、酒もタバコもやらない、彼《かれ》だけだったのである。

こうして夜遅《よるおそ》く帰宅《きたく》するにしても、酔《よ》って日ごろのうさを晴らし、上役の悪口をくり返して、自己嫌悪《じこけんお》に陥《おちい》りながら、遥《はる》か郊外《こうがい》の自宅《じたく》まで、気の遠くなりそうな数の駅を数えるのと、彼《かれ》のように、深夜まで充実《じゅうじつ》した仕事にエネルギーを費《ついや》し、快《こころよ》い疲《つか》れと熱《ねつ》で、寒さをはね返しながら、明日の仕事に思いをはせているのとでは、大違《おおちが》いというものだろう。

大体、少しも眠《ねむ》くはない。——睡眠《すいみん》は毎日五、六時間だが、深く、ぐっすりやすむので、疲《つか》れを翌日《よくじつ》へ持《も》ち越《こ》すことはないのだ。

そろそろ、乗る客は少なくなって、一つ、駅に着く度《たび》に、二人、三人と車両から客が減《へ》って行く、その境目《さかいめ》辺《あた》りに来ている……。

珍《めずら》しいな、と思った。中年の女性《じょせい》が、フワッとした暖《あたた》かそうな毛皮のコートを着て、乗って来た。どこにだって座《すわ》れるのだが、たまたま彼《かれ》の正面の席《せき》に……。

丸顔の、どこか子供《こども》のころの面影《おもかげ》を残《のこ》した面立《おもだ》ち。その目は、なぜか彼《かれ》の方をいやにしつこく見ていた。

彼《かれ》は膝《ひざ》の上のアタッシェケースから、英文《えいぶん》の新聞を取り出し、読み始めた。

「あの――」

と、声がして、手もとに影《かげ》が落ちる。

顔を上げると、向いに座《すわ》っていた女性《じょせい》が、目の前に立っている。

「何か？」

「失礼《しつれい》ですけど――さんでは？」

どうして名前を知っているんだ？

「そうです。失礼《しつれい》ですが――」

「やっぱり――」

笑顔《えがお》が、彼《かれ》の記憶《きおく》を呼《よ》びおこした。

「君……驚《おどろ》いたな！——いや、笑《わら》うと昔のままだ」

「もうおばさんよ。座《すわ》っても？」

「もちろん」

隣《となり》に座《すわ》ったその女性《じょせい》を、彼《かれ》は懐《なつか》しい胸《むね》の痛《いた》みと共《とも》に眺《なが》めた。

「あなた、少しも変《かわ》らないわ」

と、彼女《かのじょ》は言った。「少し首のあたりが太ったけど」

「お互《たが》い、変《かわ》ってないってことにしようじゃないか」

「そうね」

二人は軽く声をたてて笑《わら》う。

——まさか、二度と二人で笑《わら》うことがあろうとは思わなかったのに。しかし、本当に笑《わら》っている。

「君……。こんな時間に？」

「ええ。いつもじゃないわ。親しい奥《おく》さん同士《どうし》の集まりがあって……。そのクリスマスパーティだったの」

「そうか」

「主人は主人で忘年会《ぼうねんかい》。どうせ、まだ帰らないわ」

彼《かれ》は、その女性《じょせい》の毛皮のコートを見て、

「立派《りっぱ》だね」

と、言った。

「プレゼント。主人からの。——誕生日《たんじょうび》だったから」

「十二月の三日だったね」

「憶《おぼ》えててくれたのね」

と、嬉《うれ》しそうに、微笑《ほほえ》む。

「忘《わす》れるもんか」

二人は、ちょっと黙《だま》った。言いたいこと、訊《き》きたいことは、どっちも分っていたのだ。

ちょうど電車が駅に着いて、何人かが降《お》りて行った。

「次で降《お》りるの」

と、彼女《かのじょ》が言った。

「そうか。――あの子は、元気？」

「ええ。もう高校生」

「そんなになったか」

「私《わたし》より背《せ》が高いのよ。この間、学校の文化祭で、ミス・文化祭に選《えら》ばれたわ」

「君に似《に》たんだ」

「眉《まゆ》の形は、あなたそっくり」

と、彼女《かのじょ》は言った。

――若《わか》い日の、熱《ねつ》に浮《う》かされたような恋《こい》の日々。それは、彼女《かのじょ》の妊娠《にんしん》と同棲《どうせい》、そして生活費《せいかつひ》も稼《かせ》げない暮《くら》しから来る当然《とうぜん》の破局《はきょく》、という、お決りの道を辿《たど》った。

「主人も、とてもあの子に優《やさ》しいわ。他にも二人子供《こども》がいるけど、あの子が一番の自《じ》慢《まん》よ」

「そうか……」

目頭《めがしら》に熱《あつ》いものが浮《う》かぶ。「──良《よ》かった」

「あなたは？　今は──」

「見た通りのサラリーマンだよ」

と、肩《かた》をすくめて見せる。

「でも、とても立派《りっぱ》よ。昔の、あの頼《たよ》りないあなたとは信《しん》じられないみたい」

「おいおい……。手きびしいね」

と、彼《かれ》は笑《わら》った。

「もちろん、ご家族は──」

「うん。娘《むすめ》が二人。──女の子しかいないんだな、僕《ぼく》には」

「お似合《にあ》いだわ」

電車のスピードが落ちた。「あ、降《お》りなきゃ。──じゃ、これで」

「会えて嬉《うれ》しかったよ」

「私《わたし》もよ」

上品な手袋《てぶくろ》をはめた手が、彼《かれ》の手に重なる。そのぬくもりは、遠い青春を思い起こさせた。ハッとするほど、変《かわ》らなかった。

電車が停《とま》って、扉《とびら》が開いた。

「さよなら」

彼女《かのじょ》はそう言って降《お》りて行ったのに、彼《かれ》はただ、ちょっと手を上げて見せただけだった。

言葉が出なかったのだ。

電車が動き出し、ホームを歩く彼女《かのじょ》を追《お》い越《こ》したが、もう彼女《かのじょ》は彼《かれ》のことを見ようとはせず、バッグから取り出した硬貨《こうか》を手に、公衆《こうしゅう》電話へと歩《あゆ》み寄《よ》るところだった。

家へ電話して、今から帰るわ、と娘《むすめ》に言うのだろう。

そっと息を吐《は》き出《だ》して、彼《かれ》は目を閉《と》じた。――いい日だったな、今日は。

「おい」

自分が呼《よ》ばれていると思わなかったので、目を閉《と》じたままでいると、「おい、寝《ね》てるのか？」

声に聞き憶《おぼ》えがあった。目を開いて、彼《かれ》はびっくりした。

「お前……。もう大丈夫《だいじょうぶ》なのか？」

「見た通りさ。いや、びっくりしたぜ」

ドサッと勢《いきお》いよく隣《となり》に座《すわ》った、かつての同僚《どうりょう》は、「疲《つか》れてるようだな。大丈夫《だいじょうぶ》か？」

「ああ、俺《おれ》は……。しかし、いつ退院《たいいん》したんだ？」

「もう二年も前だよ」

「そうか……。いや、気になってたんだ」

「俺《おれ》もそうだろうと思って、知らせたかったんだが、仕事が忙《いそが》しくてね。——ああ、今はこんなことをやってる」

名刺《めいし》を受け取って、彼《かれ》はびっくりした。

「社長だって？　じゃ、自分で？」

「小さな会社さ」

と、少し照《て》れたように、「しかし、三人で始めて、一年半で社員十五人だ」

「凄《すご》いじゃないか」

「運が良《よ》かったのさ」

この友人が、「運が良《よ》かった」というのを聞いて、何ともいえない感慨《かんがい》が、彼《かれ》の中に湧《わ》いて来た。不運《ふうん》といえば、こんなに不運《ふうん》な男もいない、と言われたほどだったからだ。

しかし――と彼《かれ》は思った――今日は何て日だろう。懐《なつか》しい人に二人も出くわすとは。

「しかし……」

と、彼《かれ》は、ためらいがちに、「お前には恨《うら》まれてると思ってた」

「恨《うら》んださ、正直に言えばな」

当然《とうぜん》だ。――彼《かれ》は、ある仕事を、この同僚《どうりょう》に押《お》し付《つ》けてしまった。しかも理由はといえば、その日が親しいバーのマダムの誕生日《たんじょうび》だったから、というつまらないことで。

同僚《どうりょう》は渋々《しぶしぶ》出かけて行った先で、工場火災《かさい》に遭《あ》った。逃《に》げ遅《おく》れて、大火傷《おおやけど》を負い、長い入院生活を送った挙句《あげく》、神経《しんけい》をやられて、辞職《じしょく》して行ったのだ。

ずっと、その記憶《きおく》は彼《かれ》の中に、重苦しく淀《よど》んでいた。

「殴《なぐ》ってもいいぜ」

と、彼《かれ》は言った。

「馬鹿《ばか》だな」

と、その男は笑《わら》って、「工場から出た補償金《ほしょうきん》をもとでに、会社を始めたんだ。そうしたら、これが楽しいんだな。思ってもみなかったが、俺《おれ》にはどうも経営《けいえい》の才があるらしい」

「成功《せいこう》してるんだから、そういうことになるか」

と、彼《かれ》は笑《わら》って言った。

「そうなんだ。――人間、自分の不運《ふうん》を嘆《なげ》いてばかりいちゃしょうがないんだな。不《ふ》運《うん》ってものは確《たし》かにあるが、生きてさえいりゃ、それを幸運に転じることだってできる。教訓話《きょうくんばなし》は嫌《きら》いだが、こいつは俺《おれ》の実感だよ」

「俺《おれ》よりずっと太って、いい背広《せびろ》を着てるじゃないか」

と、つついてやる。

「ああ。何しろ社長だ。車もベンツだ。今夜は接待《せったい》で飲んだから、電車にしたがね」

「大したもんじゃないか」

「これからさ」

と、肯《うなず》いて見せ、「毎日がスリリングで、手応《てごた》えがある。こいつは、サラリーマンだったら味わえない気分だぜ。――ああ、もう降《お》りなきゃ。一度遊びに来いよ。家を今年、新築《しんちく》したんだ。ちょっとしたもんだぜ。ぜひ一度――。おっと！　それじゃ！」

閉《し》まりかけた扉《とびら》を、強引《ごういん》にこじ開けて、かつての同僚《どうりょう》は降《お》りて行った。

「あいつ……」

と、思わず呟《つぶや》く。

以前《いぜん》はおとなしい、口数の少ない男だったのだ。それが、あんなに派手《はで》にまくし立てて、口も挟《はさ》ませない。顔がなきゃ（というのは妙《みょう》な言い方だが）、同じ人間とはとても思えない。

しかし——良《よ》かった。

長い間の胸《むね》のつかえが、おりたような気がした。

いい夜だな、今夜は、と思った。

駅の名へ目をやる。——あと、三つか。

眠《ねむ》るほどの間もない。しかし、何となく幸せな気分で、目を閉《と》じる……。

「——お母さん」

と、若《わか》い娘《むすめ》の声がした。「あの人よ」

目を開けて、彼《かれ》は、中学生ぐらいの女の子が、じっとこっちを見ているのに気付《づ》いた。

誰《だれ》だろう？　思い当らなかったが、一緒《いっしょ》にいる母親を見て、気が付《つ》いた。

「まあ、どうも——」

と、その母親は、揺《ゆ》れる電車に足を取られそうになりながら、やって来た。

「これはどうも」

彼《かれ》は、ちょっと腰《こし》を浮《う》かして、頭を下げた。

「その節《せつ》は本当にありがとうございました」

と、母親は礼を言った。

「いやいや。もうあの時、充分《じゅうぶん》におっしゃっていただきましたよ」

と、彼《かれ》は、女の子の方へ目を向けて、「じゃ……このお嬢《じょう》さん？」

「はい。十五歳《さい》になります」

「やあ、こんなに大きくなって！　見違《みちが》えたよ」

心から、そう声を上げていた。——まだ、ついこの間のことのようなのに。

「ありがとうございました」

と、少女が、はっきりした声で礼を言う。

「あの後、主人が急に転勤《てんきん》になりまして、お礼も充分《じゅうぶん》にいたしませんで……。気にしてはおりましたんですが」

「いや、そんなことはいいんですよ。ご主人、銀行員でしたね」

「はい。それで転勤《てんきん》が急なものですから。――今年、こちらへ戻《もど》って参《まい》りました」

「そうですか。じゃ、元のお宅《たく》に?」

「いいえ、あそこはもう……」

と、母親が顔をしかめると、少女が笑《わら》って、

「お母さん、今度は町の真中にマンション借《か》りたんです。でも今度は車にはねられないかって気にしてます」

と、言った。

「そりゃ、親ってのは、そんなものさ」

「今日は、叔母《おば》の所へ泊《とま》りに。――この子が今日から学校、冬休みなものですから」

――この少女が、誘拐《ゆうかい》されて、身代金《みのしろきん》を要求《ようきゅう》されるという事件《じけん》が起ったのは、五年――いや、六年前だったか。

たまたま、車で得意先《とくいさき》に行った彼《かれ》が、途中《とちゅう》、ナンバープレートを隠《かく》した妙《みょう》な車を見《み》

付《つ》け、中を覗《のぞ》いてみると、この少女が縛《しば》られて、毛布《もうふ》にくるまれていたのだった。

犯人《はんにん》がいつ戻《もど》るか分らない、緊迫《きんぱく》した状況《じょうきょう》の中で、彼《かれ》は少女を自分の車へ乗せ、猛《もう》スピードで、交番まで突《つ》っ走《ぱし》った。

後で考えると、その車の運転の方が、よほど恐《おそ》ろしかった……。

「犯人《はんにん》も捕《つか》まったし、安心ですね」

と、彼《かれ》は言った。「大分後になってからでしたか」

「はい。半年後でした。その間は心配で、かたときも、この子から離《はな》れませんでしたわ」

「お母さん、学校の中までついて来て。トイレまでくっついて来るんだもの」

彼《かれ》は笑《わら》った。

「犯人《はんにん》が捕《つか》まったと聞いて、三日寝込《ねこ》みましたわ」

と、母親も笑《わら》って言った。

「いや、自分の人生でも、あの時はまあ——言葉は悪いけど、ハイライトだったような気がしますよ。映画《えいが》のヒーローにでもなった気分でね」

「この子にとっては、今でもあなたはヒーローですわ」

「こんな中年男が？　こりゃ嬉《うれ》しいな」

「結婚《けっこん》するなら、あのおじさんみたいな人、って、いつも言ってますもの」

「お母さん！」

と、少女が頬《ほお》を染《そ》めて、母親をつつく。

「——あら、もう降《お》りるんだわ。じゃ、これで失礼《しつれい》いたします」

「どうも。会えて良《よ》かったですよ」

「また、いずれ改《あらた》めてお礼に——」

母と娘《むすめ》は、何度も頭を下げて、電車を降《お》りて行った。

気が付《つ》くと、もうあまり客は乗っていない。——彼《かれ》の降《お》りる駅まで、あと一つだった。

「やれやれ……」

妙《みょう》な晩《ばん》だよ、全く。

三人も、長いこと会わなかった人たちに、それも忘《わす》れられない人ばかりに出会うなんて……。

こんなことってあるのかな。

ふと、思った。――これは俺《おれ》へのクリスマスプレゼントかもしれない、と。

自分が不幸《ふこう》にしたかもしれなかった人も、危機《きき》から救《すく》った人も、誰《だれ》もが元気で、幸せだ。それを知らせてくれたのだろうか。

誰《だれ》が？

彼《かれ》は、あんまり「神」というものを信《しん》じていない。でも、今日ばかりは――今夜一晩《ひとばん》ぐらいなら、神様ってやつを信《しん》じてやってもいいかな、と思ったりした。

本当に――本当に良《よ》かった。

ふと、目を閉《と》じた。

おい、眠《ねむ》っちゃいけないんだよ。次の駅で降《お》りるんだから。

乗《の》り過《す》ごしたら、戻《もど》れなくなるかもしれない。

いや、眠《ねむ》るんじゃない。ただ、ちょっと目を閉《と》じるだけさ。

こんなすてきな夜には、自分の幸せを確《たし》かめるために、「ふと目を閉《と》じる」なんて、芝居《しばい》がかった真似《まね》をしてみてもいいじゃないか。

そうだろう？

目を閉《と》じていると、今会った人たちだけでなく、色んな顔が浮《う》かんで来る。会いに来る……。

彼《かれ》は、じっと目を閉《と》じて――。

「参《まい》ったな」

と、年長の車掌《しゃしょう》は、腕組《うでぐ》みをして、不機嫌《ふきげん》に顔をしかめた。

「すみません」

若《わか》い車掌《しゃしょう》が、頭をかきながら、そばに立っている。

「――もう、連絡《れんらく》したのか？」

「はい。今、警察《けいさつ》の人が……」

「冬は多いんだから。気を付《つ》けろと言ってるじゃないか」

「すみません」

と、若《わか》い車掌《しゃしょう》がもう一度謝《あやま》る。「でも――まさか回送電車に人が乗ってるとは思わなかったもんですから」

「こんな連中《れんちゅう》は、どこにだって入りこむんだよ。雨風さえしのげりゃいいんだからな」

と、渋《しぶ》い顔で、座席《ざせき》の隅《すみ》の方に身を丸めて小さくなっている男を見下ろす。

その男はもう、降《お》りたくても降《お》りられない。死んでいるのだった。凍死《とうし》したのである。

「――いくつぐらいでしょうね」

「知らんな」

と、年長の車掌《しゃしょう》は肩《かた》をすくめて、「この様子じゃ、さっぱり分らんよ」

見るからに浮浪者《ふろう》、という様子。不精《ぶしょう》ひげは半ば白くなって、まるで霜《しも》でもおりたみたいだった。

しかし、髪《かみ》は割合《わりあい》に豊《ゆた》かだったから、そう年齢《とし》でもないのかもしれない。

「よっぽど、酒が好《す》きだったんですね」

その浮浪者《ふろう》は、空になったウイスキーのボトルを、まるで我《わ》が子《こ》か何かのように、しっかりと抱《だ》きしめていた。

「酒びたりのアル中さ。ここで死ななくても、どうせ体をこわして死ぬんだ」

「そうでしょうね。でも……」

「何だ?」

「よっぽどいい夢《ゆめ》を見てたんでしょうね。ほら、にっこり笑《わら》ってますよ」

「そうか。――おい、行って、早くしてくれと言えよ。こっちは忙《いそが》しいんだ」

「はい!」

若《わか》い車掌《しゃしょう》は、かじかんだ手に白い息を吐《は》きかけながら、急いでホームへ出て行った。

もう五十歳《さい》近い年長の車掌《しゃしょう》は、一人になると、死んでいるその浮浪者《ふろう》の、びっくりするほど穏《おだ》やかで、楽しげな笑顔《えがお》から、目を離《はな》すことができなかった。

どうしてこんなに幸せそうなんだ? こんな惨《みじ》めな死に方をしてるのに。

何かを振《ふ》り切《き》るように、その車掌《しゃしょう》はホームへ出た。

冬の朝の厳《きび》しい寒さが、指先から、爪先《つまさき》からしみ込《こ》んで来る。

しかし、今、もっともっと冷《つめ》たい風がこの車掌《しゃしょう》の胸《むね》の内側《うちがわ》を吹《ふ》き抜《ぬ》けていた。

俺《おれ》は、と、いつか自分に問いかけてみる。俺《おれ》は、あんなに幸せそうな顔で死ねるだろうか?

あんなに満《み》ち足《た》りた、安らかな顔で。

——若《わか》い車掌《しゃしょう》が、駆《か》け足《あし》で戻《もど》って来る。

その足取りは、年長の車掌《しゃしょう》が、もう永久《えいきゅう》に失《うしな》ったものだった。

解説《かいせつ》　日常《にちじょう》と非日常《ひにちじょう》の境界《きょうかい》で

山前《やままえ》　譲《ゆずる》

人間のさまざまな感情《かんじょう》はよく喜怒哀楽《きどあいらく》と表現《ひょうげん》されます。それに加《くわ》えたいのが、非日《ひにち》常的《じょうてき》な現象《げんしょう》や極限的《きょくげんてき》な状態《じょうたい》からみちびかれる恐怖《きょうふ》ではないでしょうか。それは最初《さいしょ》、生きていくための知恵《ちえ》でした。恐《こわ》いものとはすなわち日々の生活を脅《おびや》かすものです。それをいち早く察知《さっち》する必要《ひつよう》があったのです。

たとえば病気です。そのメカニズムが分かっていない時代には、恐怖以外《きょうふいがい》の何ものでもなかったでしょう。しかし、科学の進歩によっていろいろな恐怖《きょうふ》は少しずつ解明《かいめい》されてきました。けれど新たな恐怖《きょうふ》も生まれています。そして怪物《かいぶつ》や幽霊《ゆうれい》はいまなお恐怖《きょうふ》をそそります。人間はもしかしたら、未知《みち》の恐怖《きょうふ》をずっと求《もと》めてきた？　脳《のう》のなかで恐怖《きょうふ》と快感《かいかん》は同じようなところで処理《しょり》されているという研究もあるそうです。「恐怖《きょうふ》」への尽《つ》きない興味《きょうみ》は、「謎《なぞ》」や「不思議《ふしぎ》」を楽しむことに相通じるかもしれません。常識《じょうしき》では説明《せつめい》できない出来事には、幻想的《げんそうてき》な魅力《みりょく》があります。夢《ゆめ》を見ているような感覚《かんかく》を味わえることもあります。ただその一方で、非現実《ひげんじつ》には恐怖《きょうふ》が秘《ひ》められていることも間違《まちが》いありません。

そうした現実《げんじつ》と非現実《ひげんじつ》のはざまで多彩《たさい》な物語が展開《てんかい》されていくのが、全四巻《かん》の「赤《あか》川次郎《がわじろう》　ホラーの迷宮《めいきゅう》」です。

本書には四作収録《しゅうろく》されていますが、たとえば最初《さいしょ》の「受取人、不在《ふざい》につき――」はどこにでもありそうなマンションが舞台《ぶたい》です。恐怖《きょうふ》を直接的《ちょくせつてき》に感じてしまう異様《いよう》な怪物《かいぶつ》や幽霊《ゆうれい》は登場していません。

そのマンションの五〇一号室に荷物が配達《はいたつ》されるのですが、なぜか最近《さいきん》引《ひ》っ越《こ》してきたその部屋の住人はいつも不在《ふざい》なのです。やむなくひとつ上の階の川北《かわきた》家が預《あず》かります。それはとんでもなく大きな箱でした。それからマンションに不思議《ふしぎ》な出来事が連続《れんぞく》します。中学生の女の子が失踪《しっそう》したり、古い机《つくえ》や布団《ふとん》が盗《ぬす》まれたり……。

その真相に気付《きづ》いてしまった、日常《にちじょう》から無気味《ぶきみ》な異界《いかい》へと転じる瞬間《しゅんかん》が絶妙《ぜつみょう》でしょう。そして、ありえないことの背景《はいけい》にある究極《きゅうきょく》の愛《あい》が印象的《いんしょうてき》なのです。ミステリーの世界で名作として知られている江戸川乱歩《えどがわらんぽ》「押絵《おしえ》と旅する男」と共通《きょうつう》する、恐怖《きょうふ》のなかにも切なさが迫《せま》ってくる物語です。

つづく「知らない私《わたし》」も日常《にちじょう》から非日常《ひにちじょう》へとひっくり返るラストが、ある種《しゅ》の恐怖《きょうふ》をそそることでしょう。主人公の女子大生が、恋愛《れんあい》のもつれから一人二役を、それも双子《ふたご》の妹を演《えん》じてしまうことになります。そんな小細工が奇妙《きみょう》な結末《けつまつ》を招《まね》いてしまうのでした。ホラーではお馴染《なじ》みのドッペルゲンガー、すなわち自分の分身が現《あらわ》れる現象《げんしょう》がアレンジされています。

一方「雨雲」では、直接的《ちょくせつてき》に特殊《とくしゅ》な能力《のうりょく》を描《えが》いています。今日は「課長昇進試験《かちょうしょうしんしけん》」がある大事な日、坂本紳一《さかもとしんいち》はしっかり準備《じゅんび》して車で自宅《じたく》を出ました。ところが突然《とつぜん》の豪雨《ごうう》と故障《こしょう》でなかなか最寄《もよ》りの駅に着けないのです。

そんなはずはない——そうなのです。紳一は子供《こども》のころ、雨を降《ふ》らせたいと願《ねが》うと本当に雨が降《ふ》るという、不思議《ふしぎ》な能力《のうりょく》をもっていたのですが、今日は雨が降《ふ》ってほしいなんて思っていない！　その能力《のうりょく》が暴走《ぼうそう》してしまったかのような恐怖《きょうふ》は、ほのぼのとした結末《けつまつ》を迎《むか》えるのですが、そこにもうひとつの不思議《ふしぎ》が仕掛《しか》けられているのでした。

最後《さいご》の「回想電車」の主人公はクリスマスの夜、電車のなかでの再会《さいかい》に驚《おどろ》いています。かつて愛《あい》した女性《じょせい》、かつての同僚《どうりょう》、かつて誘拐事件《ゆうかいじけん》で助けた少女……。これも名作として知られているチャールズ・ディケンズ「クリスマス・キャロル」を裏返《うらがえ》しにしたような不思議《ふしぎ》な物語なのですが、ハッピーエンドのようでもあり、哀《かな》しい結末《けつまつ》のようでもあり、読む人それぞれにさまざまな思いを駆《か》り立《た》てるに違《ちが》いありません。

この『受取人、不在《ふざい》につき――』のほか、『砂《すな》に書いた名前』、『お出かけは「13日の金曜日」』、『長距離《ちょうきょり》電話』と、全四巻《かん》からなる「赤川次郎　ホラーの迷宮《めいきゅう》」で、ヴァラエティ豊《ゆた》かな恐怖《きょうふ》の世界を楽しむことができるでしょう。

次はどれを読む？ 赤川次郎《あかがわじろう》おすすめブックガイド

赤川次郎さんは、これまでに６００冊《さつ》以上《いじょう》の小説《しょうせつ》を書いています。
この本の次に何を読もうか迷《まよ》っている人のために、おすすめの本を紹介《しょうかい》します。

『午前0時の忘《わす》れもの』 集英社文庫

【あらすじ】

バス転落事故《じこ》で四十人近い乗客が湖の底《そこ》に。その犠牲者《ぎせいしゃ》が、午前０時のバス・ターミナルに戻《もど》ってくる。授業中《じゅぎょうちゅう》の黒板に、会議中《かいぎちゅう》のディスプレイに、陸上競技場《りくじょうきょうぎじょう》の電光掲示板《けいじばん》にと、メッセージが流れ、遺族《いぞく》たちも集《つど》う。死者と生者の不思議《ふしぎ》な再会《さいかい》が、生きることの切なさや命の重みを、人を愛《あい》することの素晴《すば》らしさを語る。

★ここがおすすめ！

思いがけない死を迎《むか》えた人たちが、忘《わす》れがたい思いを語りかけるファンタジー。大林宣彦《おおばやしのぶひこ》監督《かんとく》の映画《えいが》『あした』の原作。

『死《し》と乙女《おとめ》』 角川文庫

【あらすじ】

あの人、死のうとしている——。学校帰りの電車の中で、江梨《えり》は死の決意を感じとってしまう。なんとその男性《だんせい》は、かつてクラスメートだったなつ子の父親ではないか。自殺《じさつ》を思いとどまらせるべきなのか、それとも見て見ぬふりをするしかないのか。別々《べつべつ》の選択《せんたく》をしたふたりの「江梨」は、それぞれ生と死の痛《いた》みを共有《きょうゆう》する。

★ここがおすすめ！

自殺《じさつ》を止めた江梨と止めなかった江梨、異《こと》なった選択《せんたく》をしたそれぞれの物語が同時に語られていく画期的な長編《ちょうへん》。多感な十七歳《さい》がみずみずしい。

『白い雨』光文社文庫

【あらすじ】

奥多摩《おくたま》の渓谷《けいこく》にミルクのように白くかすかに光る雨が降《ふ》ったとき、ワンダーフォーゲル部の大学生たちに恐怖《きょうふ》が訪《おとず》れる。一方、アルコール依《い》存症《ぞんしょう》の父親と暮《く》らす少女、三年ぶりに帰ってくるその母親、少女に同情《どうじょう》する駐在《ちゅうざい》、一週間ぶりに帰宅《きたく》したサラリーマン、車でやってきた三人家族と、ふもとの町にも不穏《ふおん》な動きが……。

★ここがおすすめ！

降《ふ》りそそぐ雨が心の奥底《おくそこ》に潜《ひそ》む憎《にく》しみと悪意を呼《よ》び覚《さ》まし、不可解《ふかかい》な連続殺人《れんぞくさつじん》を招《まね》く。まさに身の毛がよだつホラー。

『自選恐怖小説集《じせんきょうふしょうせつしゅう》　滅《ほろ》びの庭』角川ホラー文庫

【あらすじ】

自殺同然《じさつどうぜん》の自動車事故《じこ》で死んだ精神科医《せいしんかい》の大《おお》崎《さき》は、「庭……」という謎《なぞ》めいた言葉を残《のこ》していた。大崎《おおさき》はその原因不明《げんいんふめい》の死の直前、自分の患者《かんじゃ》を同僚《どうりょう》の山之内《やまのうち》に引《ひ》き継《つ》いでいた。その患者《かんじゃ》、十七歳《さい》の安部綾子《あべあやこ》を診察《しんさつ》しているうちに、山之内《やまのうち》は大崎《おおさき》の死の真相にたどりつくのだが……。少女の夢《ゆめ》が人々を非現実《ひげんじつ》の世界に誘《いざな》っていく。

★ここがおすすめ！

赤川次郎さん自身がセレクトしたホラー短編《たんぺん》を五作収録《しゅうろく》。多彩《たさい》な恐怖《きょうふ》が迫《せま》ってくる。

〈初出〉

「受取人、不在につき――」　『怪奇博物館』　角川ホラー文庫　一九九七年五月刊
「知らない私」　『滅びの庭』　角川ホラー文庫　一九九六年四月刊
「雨雲」　『告別』　角川ホラー文庫　一九九七年四月刊
「回想電車」　『回想電車』　集英社文庫　一九九九年十月刊

赤川 次郎（あかがわ・じろう）
1948年福岡県生まれ。日本機械学会に勤めていた1976年、「幽霊列車」で第15回オール讀物推理小説新人賞を受賞して作家デビュー。1978年、『三毛猫ホームズの推理』がベストセラーとなって作家専業に。『セーラー服と機関銃』は映画化もされて大ヒットした。多彩なシリーズキャラクターが活躍するミステリーのほか、ホラーや青春小説、恋愛小説など、幅広いジャンルの作品を執筆している。2006年、第9回日本ミステリー文学大賞を受賞。2016年、日本社会に警鐘を鳴らす『東京零年』で第50回吉川英治文学賞を受賞。2017年にはオリジナル著書が600冊に達した。

編集協力／山前 譲
推理小説研究家。1956年北海道生まれ。北海道大学卒。会社勤めののち著述活動を開始。文庫解説やアンソロジーの編集多数。2003年、『幻影の蔵』で第56回日本推理作家協会賞評論その他の部門を受賞。

赤川《あかがわ》次郎《じろう》　ホラーの迷宮《めいきゅう》
受取人《うけとりにん》、不在《ふざい》につき——

2018年11月　初版第１刷発行
2019年６月　初版第２刷発行

著　者　赤川次郎

発行者　小安宏幸
発行所　株式会社 汐文社
東京都千代田区富士見1-6-1
富士見ビル1F　〒102-0071
電話：03-6862-5200　FAX：03-6862-5202
印刷　新星社西川印刷株式会社
製本　東京美術紙工協業組合

ISBN978-4-8113-2570-5　乱丁・落丁本はお取り替えいたします。